の球根　玄上八絹

幻冬舎ルチル文庫

CONTENTS ✦目次✦

虹の球根

✦カバーデザイン＝久保宏夏（omochi design）
✦ブックデザイン＝まるか工房

イラスト・三池ろむこ✦

虹の球根

手を入れるといっても、今さらどこを塗り足すのか。

分厚い壁の前に立つような気分で、硅太郎《けいたろう》は考える。

あの絵にこれ以上、何色の絵の具を置いたって邪魔なばかりだ。基本は悪くないはずだし失敗もしていない。

そこがいけないことも硅太郎にはわかっている。

《悪くない》のだ。特別よくもないが悪いところもない。

そんな絵を見て、いったい誰が何の感想を抱《いだ》けるというのか。

初めははっきりしていたイメージが筆を置くほどにぼんやりしていった。時間が経《た》つほど煮崩《にくず》れてゆくようだった。今ではすっかり煮詰まって、朦朧《もうろう》とした一色のどろどろとしたものになっている。

いっそ《悪い》絵ならいいのに。そう思いながら硅太郎はオレンジ色のレンガ道を歩いていた。悪いところがあればそこをやり直せばいい。ここが悪いとわかる絵ならば書き直せばいい。だが《悪くない》のだ。でもそれ以上になれない——。

——もう提出できるんじゃないか？　浅見《あさみ》。

迷いや焦りが重ねられるばかりの画面を見て、教授は自分に声をかけた。

この絵はこれ以上描き込んでもよくならない。諦《あきら》めて次へゆけということだろうが、それができるなら硅太郎もそうしている。駄目なら描きなおす。それもできない。手の施しようがない。

曇《くも》り空の午前十時。講義には完全に遅刻だった。急げば間に合ったかもしれないが、動きは鈍く、走り出すような気力もなかった。

《悪くない》絵をなんとかしようと、当てもないのに学校へと向かうのだから当然か。

学校前の横断歩道に差しかかったとき、信号が点滅を始めた。間に合うタイミングだったが、硅太郎は川のように横たわる横断歩道に踏み入らずに歩道で止まった。

早く渡れと急《せ》かすようにまたたく信号が自分を責めているようだ。赤信号になり、両脇《りょうわき》の車がそろそろと動き出すとほっとしてしまう。

あの絵はだめなんだろう。待ちあわせらしい人が二人残った横断歩道の入り口に立ち尽くして硅太郎はのろのろと現実に向き合う。こんなに苦痛にしている自分が何よりの証拠だ。

でも諦めたくないと思う自分もいる。こんな気持ちで次の絵を描いても、また同じ泥沼に落ちるのではないかと思うと、それも恐《こわ》くて思い切れない。せめて何が悪いのか、どうすればいいのか、あの絵の中から摑《つか》むまでは。

「……」

隣に人が並んだ。後ろからも数人やってくる。

彼らとともに横断歩道に押し出されたら自分だけ溺《おぼ》れてしまうような気がして、硅太郎は怖《お》じ気《け》づいたように人だまりから外れた。

いい歳《とし》をして登校拒否か。自分に呆《あき》れながらもしかたがないかとも思う。

信号の脇に待ちあわせをしている様子の男がいる。後ろから人もやってくる。このままぼんやり立っているのも決まりが悪くてふと周りを見渡すと、背後の花屋のワゴンに気づいた。

美大だから花の用事は多い。静物画のための花を届ける店だった。ときどき生徒から買い取ったアレンジ済みの花をホールや斎場に売ってくれたりもするらしい。

小さな店舗で、奥に切り花をしまったガラス張りの冷蔵庫があり、店頭には鉢物や球根がディスプレイされている。それらを見るふりをして、背中で動きはじめる人の気配をやり過ごす。

店頭には、かわいらしく飾ったワゴンがあって、ワゴンの中にはいくつものガラスのボウルに、テープを巻かれた球根が盛られていた。茶色い薄皮に包まれた球根と、花の色を示すカラーテープ。一見、花屋というよりチョコレートショップのようだ。

ぴょんと飛び出したポップには《水栽培用七色球根・何が当たるかおたのしみ!》と書いてある。チューリップだろうか。七色球根なんて花は聞いたことがないと思いながら何となく見ていると、店の奥から観葉植物の鉢を運んでいた女性店員に声をかけられた。

「ヒヤシンスですよ。何色が咲くかはおたのしみです」

そういうことかと思ったとたん興味が薄れてしまったが、そのまま店先を立ち去ろうと背後を振り返ると、まだ信号は青だ。

何となく動きそびれてまた渋々、小さなタマネギのような球根に目を落とす。

「大玉ですけど一個一五〇円です。大変お買い得だし、これからの季節、育てやすいですよー」

あれこれと鉢を持ち替え、店を出たり入ったりしながら先ほどのエプロン姿の女性は明るく言った。

一五〇円くらいなら、買って学校の花壇にでも埋めておけばいいなと思いながら、硅太郎は積み上がった茶色い斜面から、球根をひとつ拾い上げた。

別に花など育てる気はなかったが、気分を切り替えるきっかけがほしい。

雫型《しずくがた》の球根をよく眺めてみる。瑞々《みずみず》しい珠だ。薄皮もきれいで食べたら美味《おい》しそうに見えた。別の球根も手に取ってみる。こちらは少し細くて形も均等じゃない。できるだけ歪《いびつ》でなく、しっかりと肉付きがよくて、薄皮が剝《は》がれてなくて、水に浸かる部分がきれいなものがいいだろう。

球根を観察するかぎり、これから何色が咲くかはわからない。

そもそも別に、何色でもかまわないのだったか。そんなことまで気重に思いながら、硅太郎は一番よさそうな球根を選び出した。店に入ろうとした硅太郎に気がついた女性が、レジカウンターの中に先回りして硅太郎から球根を受け取った。ショートカットの店員は明るいンの横にいた。


「ああ、これはいい球根ですね。きっと綺麗《きれい》な花が咲きますよー」

レジをうちながら、店名のスタンプを押した赤いチェックの紙袋に球根を入れる。

「百五十円になります。球根を置くポットはお持ちですか？　百五円でプラスティックのポット、置いてますよ？」

「いえ……、いいです」

球根を置くポットならデッサンの時間に学校で見た気がするし、見つからなかったら他の手段を考える。

小銭を使ってなるべくゆっくり金を払い、硅太郎は球根の紙袋を持って店頭に戻った。

空は白んだような秋晴れで、道路に見える横断歩道の白が眩《まぶ》しい。五分前の景色と同じだ。球根を買ったくらいでは現実は容易に変わってくれない。

紙袋を手に持ちながら、硅太郎はため息をついた。描き続けるにしろやめるにしろ、先に進むためには出来るところまであの絵をなんとかするしかない。

鈍いなりの決意をしながら横断歩道へつま先を向けたとき、硅太郎は押しボタンのすぐ横にいる男を何となく見てしまった。

先ほどもそこにいた男だ。自分が一番はじめに横断歩道を視界に入れたときから押しボタンの横にいた。

誰かと待ちあわせだろうかと思ったが、半袖《はんそで》Tシャツの腕には時計もしていないし、携帯を出して時間を確認するそぶりもない。だいたい待ちあわせなら、もっと離れたところに避けるだろう。思いっきりボタンを押す邪魔だ。信号待ちかもと思ったが、信号切り替えのボタンを押していない。渡らないのだろうかと思っていると、硅太郎が来た方向から別の学生が歩いてきて、邪魔そうに手を伸ばしながら信号切り替えボタンを押した。男は避《よ》けもせずそれを黙って見ている。

横断歩道の方を向いているようないないような、曖昧《あいまい》な方向を向いて男はぼんやり立っている。

信号が変わって押しボタンを押した学生は横断歩道に踏み込んでいった。その背中を目で追いながらも男は横断歩道を渡ろうとしない。

学生だろうか。社会人ではない風体《ふうてい》だった。秋口の日光を受けた髪は茶髪と言うにはなんだか白っぽく、黄土色というより薄茶色っぽい色だ。パーマをかけそこねたような巻き毛、伸びたTシャツに細いジーンズ。足首がぶかぶかの見るからに大きな紐靴《ひもぐつ》。ジーンズの裾《すそ》が中途半端に短くて、剝《む》き出しになった足首とくるぶしは奇妙なくらい真っ白で、まったくのつるつるだ。革っぽい肩掛け鞄だけが妙に上等で、ちぐはぐさに拍車をかけている。

留学生かなと硅太郎は思った。大学には外国人も多い。欧米人っぽい顔立ちで、ボサボサに近い髪の巻き毛もよく見るとパーマではないようだ。

こちらから二人、向こうがわから一人青の横断歩道を人が渡る。真ん中あたりで擦れ違う人々を、男はぼんやりと眺めていた。

こっちを気にしないようだったから、硅太郎はつい男をまじまじと見てしまった。

若い外国人。背は普通くらいで、気の抜けた表情をしていても顔立ちが整っているのはわかる。ぺったんこの胸元をみると男のようだが、ずいぶん線が細い。

一番極細の筆で輪郭を引いたら、さぞかしなよやかな絵になるだろうと思いながら眺めていると、また信号が赤になった。

何度か視線が合ったが、彼はこっちを無視だ。

硅太郎のほうから男に歩み寄った。彼がこっちを見る。近くで目を見ると瞳は灰色がかった茶色で、頬の色も白い。会社員風の男がやってきて、硅太郎と男の間に割り込むようにして、押しボタンを押した。しばらくすると信号が青になる。

やはり渡るそぶりを見せない男に、硅太郎は声をかけてみることにした。

「何やってるの？　迷子？　どこ行きたいの？」

迷子だろうか。日本語が通じないときはとりあえず「メイアイヘルプユー」だったか。

彼は、少し気怠《けだる》そうな視線で硅太郎を見た。睫《まつ》毛《げ》が髪とおんなじ色だ。

「……わかんない」

掠《かす》れた声が応《こた》える。

「どこにいけばいいかわからないんだ」

幼い口調だが、日本語は上手《うま》いようだ。

怪訝《けげん》さを表情に出すのを堪《こら》えて、硅太郎は行き先候補を問いかけてみる。

「さしあたり家とか？」

迷ってどうにもならなくなったら家をめざすのがセオリーだ。

「出てきたところ」

「じゃあ学校とか？　ここの学生？」

硅太郎は道路の向こうの建物を指さした。この大学をめざして迷子になっているというなら、建物は目の前だ。だがその質問も、男のお気に召さないようだった。

「……うん、その先。学校に行った、そのあと」

頼りなさそうな表情で呟《つぶや》くのを聞いて、硅太郎は何となく察するところがあった。

さっきまでの自分と同じにおいを感じる。芸術という自分の内部と向き合うと、しばしば人は行き先を見失う。

「そんなの誰だってわからないと思う」

乗り越えるか、そこから逃げた先に目的地があるのか、続けるか、諦めるか、信じるか絶望するか。美術にしろ音楽にしろ、具体的な数値が出てこない世界だ。芸術に正解はなく、あるいはすべてが正解で、正義も模範もない。他人と同じ道を辿《たど》ることに意味はなく、自分で切り開くしかない獣道だ。そして感性の海は果てが見えないほど広く、向かう方向すら示されない。

ここにも迷った人間がいる。憐《あわ》れさと親しみを同時に覚えたが、両方遭難者というところがいただけない。しかし自分一人だと思っていたところに仲間を発見して、何となく元気が湧《わ》いてくるのは確かだった。励まし合わねばと使命感のようなものを覚える。迷子が二人に増えたって状況は変わらないのにおかしなものだ。

硅太郎は、だらんと垂れたままの男の腕に軽く触れた。

「とりあえず、車道の川を渡れよ」

どこへゆくかは誰にもわからないが、とりあえずこの横断歩道を渡って学校へ行かなければならないのは自分と同じなはずだ。

男は無言のまま硅太郎を見上げた。睫毛の色まで榛《はしばみ》色の、陽《ひ》が差し込むとよけい灰色が強くなる瞳だ。

こういう色を描いてみたい。とっさにそう思うのは絵描きの性《さが》か。彼を勝手に創作の対象にしようとしたと悟られたら失礼になりそうだから、何となく微笑《ほほえ》みでごまかすついでに硅太郎は男の左手首を取って上に持ち上げた。

「やる。水に入れとけば花が生える」

力なく丸まった手のひらに、さっき買った球根入りの紙袋を握らせる。

「グッドラック」

琥珀《こはく》のガラスのような瞳でこっちを見る男に言い残して、硅太郎は青に変わった横断歩道に踏み出した。

同じ学校だから、そのうち偶然会うかもしれない。

そうでなくとも、同じ高みをめざすもの同士だ。

会ったらきっと「あのときは」と挨拶《あいさつ》を交わすだろう。芸術の大海で、いつかどこかで。


気を取り直して教室に向かってみたものの、どうにも動かしようのない絵が硅太郎を待っていた。

気分はうまく切り替わっても、現実はそのままなところが現実だ。

パネルの前に座ってみたが、もう長い時間、どこにも筆を置けずにいる。硅太郎はこれまで彩色は顔彩絵の具にこだわり、岩絵の具は仕上げのみという昔からの手法を頑固に守ってきた。しかしどうにも行き詰まったので、昨日から思い切ってそれを捨て、岩絵の具の発色に賭《か》けてみたがそれもまったく意味がないようだ。

結局、気休め程度に薄い色で影を重ねて、その日は終わりにした。

学校を出て、家に帰る。

硅太郎の部屋は、学校から斡旋《あっせん》されたアパートにあった。美大生ばかりで、建物全体にテレピン油のにおいが染み付いているような物件だ。

——公募展に出す気なら、まだ締め切りまで時間はあるが、もう描き込みは十分な気がするよ？

今日、一昨日と違う講師が、パネルに向かう硅太郎の背後からそんなことを言った。

何となくそれで諦めがついてしまって、明日の朝、気が変わらなかったら次の絵を始めようと思っていた。公募展には応募しない。これまでの経験上、そしてあの絵を見た自分の手応えが「出しても無駄だ」と答えを出す。ヘタクソだと罵《のの》られはしなくとも、誰も足を止めない。きっとそんな展示になる。

硅太郎は3DKの一番奥の部屋に入った。閉めきっていたから火が付きそうな濃度でテレピンのにおいが充満している。キャンバスにかけられているのは油絵だ。

有名な画家の自画像だ。一九九〇年春。ボストンの美術館から盗み出された絵で、この絵も未発見だ。当然硅太郎の手元に本物があるはずもなく、手本にしている絵はポスターで、これをいかに本物らしく描き上げるかに最近の硅太郎は腐心している。絵の勉強の傍ら、珍しい絵を模写してポスターとして知り合いに売り、一万円弱の制作費を貰《もら》って、また新しい模写作品を作るのが硅太郎のアルバイトのひとつでもあった。

額の陰になる位置にちゃんと模写であるマークを入れ、キャンバスの裏には模写である旨とできあがった日付、硅太郎の名を記す。作品内に作家のサインがあるときはそれを書かない。素人《しろうと》でも本物かどうか調べようとすればすぐにわかるようにするためだ。素人はまずサインの有無から確認する。インテリアだからこの絵には必要がなかった。主に買うのは親戚《しんせき》類。印刷物よりは本物感が味わえる少し上等なポスターという位置づけだ。

キャンバスの前を横切りながら、硅太郎はできあがり間近の肖像画の男と向き合った。仕上がりは順調。この絵の模写は三枚目だが、それにしたってうまくいった。

北側にある古い窓を開けると、新鮮な空気が流れ込んできた。

目の前は路地を挟んだコンクリートの壁だ。早朝、朝日が少し差すだけであとは日陰になる、安定した光の採れるいい部屋だった。

硅太郎は絵の前に戻った。模写はこんなに上手いのに、どうして自分の絵は少しも描けないのだろう。理論の勉強も普通以上のはずだ。アングルの取り方、色の理論、塗り方の技術。どれだけ努力をしても《悪くない》以上の絵が描けない。

硅太郎は部屋の一番奥に置いてある机のノートパソコンの電源を入れた。メールは携帯電話に転送する設定にしていて、届いたメールの内容は読んだが、携帯電話の小さな画面では画像が小さい。メールは画廊からで、内容は硅太郎が持ち込んだ絵画を、硅太郎が提案した金額で買い取るという内容だ。持ち込んだときはキャンバスのままだったから、額装した写真を添付で送るということだった。

学校の帰りに自動販売機で買ったカフェオレのペットボトルの封を切りながら硅太郎はパソコンの画面を眺めた。思ったとおり、額装をするととても映える絵だ。

知人の質屋の紹介で、硅太郎は他人の絵を取り扱うことがある。絵を鑑定し自分で買う。それを画廊に流して利益を得る。自分の目を磨くために始めたことだったから上乗せは最低限だ。始めた頃は、利益とときどき摑まされる偽物の損失を差し引くと少し損をするくらいだったが、最近はそれもなくて金が貯まりはじめている。

「まあ、金は必要だから」

硅太郎は独りごち、メールの返事に「このたびはお取引いただきありがとうございました」という旨のメールを書いて返信する。今回の絵画は、亡くなった主人の所蔵として奥さんが鑑定引き取りを依頼してきた絵画だ。

――燃やしてしまおうと思ったんですけどね、お線香代にでもなったらいいと思って。

ガラクタのように言う絵画を引き取って売ってみたら四十万円だった。残された絵も額装されて、このあと美術愛好家の手に渡るだろう。作品たちは九死に一生だ。

結果に満足を覚えながら、硅太郎は椅子《いす》の背に深く背中をあずけ、ぼちぼちとカフェオレを飲んだ。ペットボトルを覆った結露が絵の具で汚れたジーンズの上に落ちる。

俺の目は、いいんだよな。

自分の身体《からだ》をバラバラのパーツに分けて吟味するように硅太郎は思う。

鑑定眼はあるようだ。日本画を見ても洋画を見ても、壺《つぼ》や焼き物を見てもあまり偽物を掴まされたことはない。これまで何度か掘り出し物の絵画を、硅太郎が美術館や芸術家の団体に申告して認められたこともある。

美を見分ける才能はある。画面を見ればだいたい値段もわかるということは、色彩感覚もまあまあああると言うことだ。

——ではなぜ、自分の絵が描けないいんだろう。

手がいけないのか、絵の具が駄目なのか、構図を写す脳がいけないのか。空間を把握する能力はあるはずだ。写生したものと写真をパソコンで重ねると、おおむね合っている。距離感が曲がっていると言うわけでもなさそうだ。

——だったらなぜ。

この数ヶ月、延々とぶち当たりつづけている壁の前に立って同じ問いを繰り返す。壊れる気配のない壁に、叩《たた》き続ける拳《こぶし》を上げる気力もなくなりつつある自分に寂《さび》しさを覚えた。

才能がない。答えはもうそれしか残されていない。

才能は99％の努力と1％の才能だと言うが、それの残酷なところは、99％の努力をしたあとにしか、1％の才能があるかどうかを見極められないことだ。出すものを出し尽くして、自分の中に1％があるかどうかを問う。重ねて無情なところは、ようやく自分がそれに到りはじめている今が、すでに二十歳だということだ。成人男性として身体が完成し、知識と技能を自分のものとして操れるようになり、自分の限界に到ったときには青春の大半を終えている。《この努力は無駄だった》と別のことをやり直すには歳を取りすぎていた。硅太郎もご多分に漏れず、画家をめざして青春を芸術に費してきた。暇があれば筆を握り、旅行に行っても頭の中で景色をキャンバスの形に切り取り続けた。十代という時間をベットして1％の賭けに出たが、どうやら自分は負けたらしい。

自分の才能に見切りをつけるのが少し遅かった。

せめてあと二年早く、高校生の中頃までに自分のなかに才能がないことがわかっていたら、けっして美大へ進んだりしなかったのに。

中学生の頃から小器用で、抜きんでて絵は上手かった。学生絵画の賞を何度も取り、将来は画家だとか、身内でもさんざんおだてられて育ったが、美大に入ったら似たような人間がゴロゴロ詰められている。眩しい才能を発揮する人間もいるが、そんなのはほんの一握りだ。

才能がある人間を宝石、まったく絵心のない一般人を石とするなら、自分は色つき人工石だ。一番扱いようがない。自分が凡庸であることを認めたくなくて、大学に入ってからも藻《も》掻《が》いてみたが、どうにも駄目のようだ。でもそれも幸せだったと硅太郎は思っている。全力を注いだ。自分の限界を見た。「あのとき絵を続けていたら」と未練が残ることはないだろう。

絵を描くことは自由だ。だが芸術家として大成しないのは身に染みてわかった。他の誰に指摘されるでもなく、自分の絵がものにならないと目利きしたのも自分自身だったから、傷つけられるダメージが最低限なのが不幸中の幸いだろうか。

好きで、努力して真面目《まじめ》に頑張って、自由な時間はすべて絵に注ぎ込んだ。だが自分の気持ちや努力は、才能の対価には足りないらしい。

「才能か……」

こうして一人一人、芸術の海で人知れず溺れ死んでゆくのだ。向こう岸に渡れるのは数年に一度、わずかに指を折るほどの人間だけだ。

机に置いた、カフェオレの榛色を見て、ふと今朝の男のことを思い出した。

彼は無事、渡れただろうか。溺れずに向こう岸に泳ぎ着いただろうか。

学科だけでも聞けばよかったな。硅太郎は微糖のカフェオレを一口飲んだ。構内で見かけたことがないということは、日本画ではないのだろう。見かけからしてしゃれた水彩を描いていそうだった。やわらかそうな輪郭をした彼の顔立ちを思い出し、また硅太郎は一口カフェオレを飲んだ。せめて名前を聞いておけばよかった。


日本画にしろ洋画にしろ、教授のアトリエの風景は半物置小屋のようになっていて、小栗《おぐり》教授のアトリエも例外ではなかった。枕木の一部らしい木片からガレのランプ、黄ばんだ襖《ふすま》、なめしたままの革など、統一感のない素材があちこちに押し込まれている。

灰色の昔の事務椅子風の丸椅子に座った小栗教授は、湯飲みの縁を摘《つま》みながら茶をすすった。

「結論を出すのは早いと僕は思うけどね。でも絵画の仕事は画家になるばかりじゃないよ？浅見」

硅太郎は、患者のように小栗教授の目の前に置かれた四本足の丸椅子に座っていた。小栗教授はジーンズにTシャツという気軽な出《い》で立《た》ちだが新進の画家で、すでに国内外で高い評価を受ける人だ。なのに少しも偉ぶるところがなく、生徒たちに兄のように振る舞うから、一部ではアニキとか兄ちゃんとか呼ばれている。

そんな小栗教授に呼び出された。自分が諦めたあの絵について、講師から何かを聞いたのかと思っていたが「何となく迷ってるのがわかってさ」と彼は言った。講義中以外はあまり先生らしいところのない人だが、放課後、しょっちゅう制作室を見にゆくらしい。何日も動かない硅太郎のパネルを見て、気にかかったのだと彼は言った。

技法は教えられるが、才能は教えられるものではない。才能がある彼に自分の気持ちが理解されるはずもない。そう思ったが、自分だけではなく他の誰かに、自分には才能がないといってほしくて硅太郎は彼に悩みを打ち明けた。才能がないから諦めろと誰かに言ってほしいと言ったって、自分より才能がない人間に言われても腹が立つから、自分に引導を渡す人間に硅太郎は小栗教授を選んだ。

「こればかりは運だ。世界中には絵の上手い人間なんてごまんといる。それがなんで突然注目されるか、作品につけられる価値に差がつくのか、本当は僕たちにもわからない。結論を出すのはもう少し待っても遅くないいんじゃないかな。少なくとも在学中は猶予があると思う」

そんな彼の言葉を聞いて、彼にはやはりわからないのだろうと硅太郎は改めて残念な気持ちになった。

彼の言うことはもっともだ。上手い絵を描く人間はこの世に溢《あふ》れている。何かで脚光を浴びるのは本当に運だと思うが、そのある日突然スポットライトを浴びる可能性がある絵の中に入るためには、最低条件をクリアしなければならないのは間違いない。

少なくともよく描けた絵だろう。そしてそれは必ず魅力的でなければならない。

硅太郎には決定的に後者がない。サーチライトの照射範囲外で溺れているのだから、見つけてもらいようがない。

黙ったまま話を聞いている硅太郎に小栗教授は慰めるように言った。

「もしも、いわゆる画家という職業に就けなくても、デザイン業や学士として活躍する道もある。学校の美術講師という選択もあるだろう。金を得ながら絵を描き続けるならそういう選択もあっていい。もちろん別の職業に就きながら絵を描いて、画廊と取引をするという手もある」

そこまで聞いて、ようやく硅太郎は声を出した。

「……それじゃ意味がないんです、先生」

デザイン会社に就職することや、学校の美術講師になってもしかたがない。それくらいならまったく別の業種に就職して趣味で絵を描き続けるだろう。それが嫌だからここに来た。画家になりたい。それで糧を得て生きてゆきたい。

そのまま黙り込んでしまった硅太郎に、小栗教授は見守り慣れているような視線を向けてきた。

「せっかくこの学校に来たんだから、時間があるうちはよく考えたほうがいいよ」

慰めの言葉を貰って、硅太郎は小栗教授のアトリエをあとにした。

小栗教授は画家がすべてではないと言うけれど、自分にはなるかならないかの二択だ。家の反対を押し切ってこの学校に入ったのだから、もしも画家にならないなら家の仕事を継がなければならなかった。

「お。浅見。今日朝いたっけ？」

廊下を歩いていると、数人で立ち話をしていた大平《おおひら》が声をかけてくる。

「いなかったと思う」

「だよな。小栗教授のところ？　進路？　外部展に出せとか言われたんじゃないの？　お前上手いから」

「どっちかっていうと、就職の話」

「マジで？　スゲエ！」

「すごくないよ。就職するときは実家だから」

驚いた顔の大平に、硅太郎は曇った答えを返した。

「あ、そっか。おまえんちエンジン屋だっけ？」

「そう」

大型船舶や航空機、大型車両のエンジンを取り扱う企業で父は四代目だ。作っているのはエンジンばかりだからあまり前面に名前が出ることはないが、一応企業の端くれのようだった。

「いいなあ。お前、跡取りなんだろ？」

頭の後ろに手を組みながら、大平は大きくため息をつく。恨めしげな顔で硅太郎を見た。

「家が金持ちだったら、美大に来てモノにならなくても家族に申し訳なくないし、駄目だったら実家に帰ればいいんだろ？　うちなんか普通の家でさ、帰るたびに俺の学費のために漬け物しか食べてないとか聞かされるし、プレッシャー大きいよ」

「そんなことない。今でも愚痴を言われるよ」

跡取りには跡取りのプレッシャーがあって、絵で実家の役員席に収まる以上の社会的評価を得られなければ、孝行知らずの放蕩《ほうとう》息子としてどれだけ親族になじられるだろう。そういう意味でも画家にならなければならなかった。普通にデザイン会社に就職したりなんかしたら、見得を切って実家を飛び出したくせにただの会社員にしかなれなかったと陰口を叩かれるに決まっている。

大平は呑気《のんき》な声で言った。

「まあ、俺も好きで来させてもらってるわけだけどな。画壇デビューは難しいとしても、どこかデザイン会社とかに入れてくれないかなあ」

大平の素直な言葉を聞いて、硅太郎は羨《うらや》ましいと思った。大平は自分よりもっと純粋なところで絵というか、美しい画面が好きなのかもしれない。

自分は何にこだわっているんだろう、と思うと、悩んでいることすら不安になる。

本当に絵が好きなのか、何のために絵を描くのか。少なくとも名声や金のためじゃない。

「そういやお前、瀬名銀示《せなぎんじ》ってヤツと話したことある?」

唐突に訊《き》かれて、硅太郎は大平を見た。

「知らない。誰?」

「油絵の二年。こないだ銀河展で賞取ったヤツ」

「ああ、……何となく」

銀河展は出展が三回まで許される新人の公募展だ。同じ二年から受賞者が出たと聞いた覚えはある。瀬名銀示という名前だと言われればそんな名前だったような気がする。字面がいかにも画家っぽくて、画家になれそうなヤツは名前から違うのか、と思った記憶があった。

展覧会は油絵だけで、日本画は含まれていなかったから詳しくは知らない。

「珍しく今日、デッサンのときに来てたんだって。普段は教授のお気に入りだから、教授のところばっかりにいるけどね」

「ふうん。それで？」

関心がなさそうな硅太郎の相づちにめげず、大平は噂話《うわさばなし》を続けた。

「アイツ、海外にも出してるんだろ？　なんかそっちでも賞を取ったっていう話。マネージメントの誘いが来てるとかなんとかで」

「へえ。すごいな」

「興味ない？　硅太郎」

「……日本画なら」

昔と違っていろんな技法が組み合わさるのが普通の昨今だ。日本画と洋画の垣根も限りなく低く、境目は今やないに等しい。だからこそ自分は日本画にこだわりたいと硅太郎は思っていた。いかにもな油絵には興味がない。

「そっかあ。でもいずれ有名になるだろうから、顔見知りだけにでもなっておけよ。せっかく同じ学校なんだしさ、十年後に威張れるかもしれないよ？」

志の低いことを、と思ったが大平の目には、硅太郎の絵が川のこちらがわにある絵に見えているのだろう。

どうでもいい些細《ささい》なことに傷つく自分も嫌になる。

「そういうのあんまり興味ないから」

不機嫌にならない声音《こわね》を造りながら、できるだけ穏やかに返事をすると大平は嫌そうなため息をついた。

「やっぱり実家が金持ちなヤツのいうことは違うよなぁ」

相変わらず悪気のない言葉で、硅太郎を傷つける。


テレピン油のにおいは夜の小さな部屋に染み付いて、硅太郎の身体に染みこんでくる。始めたばかりの頃は酔いそうになった。慣れてくると気にならなくなってきて、それでもこの部屋に入った頃は、キャンバスと一緒に生活するのが辛《つら》かった。完全に慣れるまでに二ヶ月くらいはかかったな、と眠れないベッドの中で硅太郎は懐かしく思い返した。感傷というやつかもしれない。それも当然だ。今は、布にも壁にも染みこみすぎていて、テレピン油のにおいなのか自分のにおいなのかわからなくなるくらいこの中で過ごしてきたのだから。

最近明け方は肌寒くなってきたから薄めの羽布団を出した。一年で一番好きな季節だ。はっきり秋と言える貴重な時間は短くすぐ寒くなる。

心地いい布団の中で、硅太郎はつらつらと昼間のことを反芻《はんすう》していた。小栗教授の慰め、紙で指を切ったときのような痛みかたをする大平の言葉。そして、瀬名銀示という名前の男。

少し古風な高潔そうな名前だ。大平や油絵の二年生の噂で聞くところによると教授に特別扱いされていて、学校に来ているときは教授たちのアトリエのほうにいるらしい。わりと出席率のいいはずの自分が、瀬名の姿を見たことがないのはそのせいらしかった。

額《ひたい》に手首をのせて、硅太郎は仰《あお》向けに寝返りを打った。

特別扱いされるほどの才能、か——。

あのあと教室に置いてある、季節ごとに発行される美術誌を探してみると瀬名の名前が見つかった。だが、どんな作品か見ようにも、記念切手より大きい程度のサイズで抽象的な油絵ということくらいしかわからない。

幸い嫉妬《しっと》心は湧かないようだった。硅太郎はあまり名声には関心がないし、教授の特別扱いを羨ましいとは思わない。

ただ小さな画面には、伸びやかな花のような色がいっぱいに広がっていて、彼がキャンバスの外に何かを強く求めているのがわかった。その意思の力というか、意思を伝えようとする彼の気力が羨ましいとは思う。

彼は対岸の人間なのだろう。

ああいうのを見ると、嫉妬というより諦めや寂しさが川となって自分を岸から遠ざける。

諦めようかと悩んでいるということは、諦めても死なないということかとなんとなく考える。絵を描けないことより、描けない自分が生きていられることが悲しいのだから、やはり絵に対する自分の情熱すら何か別の欲望に繋《つな》がっているのかもしれない。

あの彼はどうなのだろう、ともう一人瀬名と対極にいそうな男のことを思い出した。横断歩道の前にいた、球根を渡した彼だ。

オープンキャンパスに来たという感じではなかった。自前の色の巻き毛の茶髪。覗《のぞ》くとうす灰色の瞳。東洋人と西洋人が混じった、不思議なとろみを帯びた容貌《ようぼう》。あのときは迷子かと思ったからあまり気にしなかったが、記憶を掘り起こすとかなり美形の類《たぐい》だった。

学校の中で彼の容姿を説明しながら訪ね歩けば、案外簡単に見つかるかもしれない。布団のようにそろそろと身体に覆い被《かぶ》さってくる眠気に身を任せながら、硅太郎は考えた。

彼はあの球根を、ちゃんと水に浸けただろうか。


怪訝な顔で硅太郎は問い返した。

「《瀬名銀示》？　――いや、瀬名さんに？」

昨日の大平との立ち話を聞かれていただろうかというようなタイミングだ。

「そう。知ってる？」

小栗教授は不思議そうにまんまるい目を瞬《またた》かせた。

「……え、ええ、名前だけは。昨日、ちょっと話題になって」

「そうか。彼、有名人だもんね」

やっぱりそうなのか、と思う硅太郎に、美術誌をぱらぱらめくりながら小栗教授は続けた。

「いい絵を描くだろう？　大湊《おおみなと》教授のお気に入りでね」

「作品はちゃんと見たことがないいんですが……」

感想を求められても困るから先に答えた。だが小栗教授は硅太郎の答えはどうでもよさそうだ。

「まあ、こういう世界はバックグラウンドとか手駒とか大事だから、贔屓《ひいき》はあった方がいいと思うよ？　僕の贔屓なんかじゃてんで駄目だけどね」

誰の弟子とか、教え子の出世とか、家柄だとか、パトロンとか古美術にすれば藩士お抱えの絵師とか、なんとか派とか、絵の評価は本人の実力次第とは言うけれど、金とコネと話題性がよく効くのはどこの世界も同じだ。バックグラウンドを望んで捨てた自分にはあまり面白くない話だった。

「まあその教授のお気に入りの生徒が、レポートを提出してくれないわけだ。やんわり僕から言ってみたけどぜんぜん駄目そうで」

小栗教授は日本美術史を受け持っている。

「あんまりつつくと大湊教授の御機嫌を損ねそうでね。それでだ」

本当に兄弟と話すような気軽な口調で彼は肩を乗り出した。

「瀬名に《レポート出して》って言ってきてほしいんだけど」

「俺がですか？」

「昨日話題にしたのがたまたまだと思ってさ。運命だよ」

「そんなに簡単に運命決めちゃっていいんですかね」

「いいだろう。インスピレーションとはそういうものだ」

「……はあ……」

芝居がかった説得に、硅太郎はため息のような答えを返した。否定はしないが、それでいいのかとは思う。

「行ってくれたら、レポート二日待ちのチケットを描いてやろう。彼からレポートが取れたら三日待ちで作ってやる」

「本当ですか？」

チケット云々《うんぬん》もだが、一応目の前の男ははがき一枚から絵に値段が付く画家だ。自分のための特別チケット書き下ろしだ。そっちの方がおいしい。……内容は、レポートの提出期限延長のチケットだが。

「本当だとも。ちゃんと効くのを描いてやろう。ただし、僕のレポートに限り、だけど」

「わかりました。行ってきます。小栗先生のレポート出せって言ったら通じますか？」

「さあ、どうかな」

「えっ……？」

視線を上げて小栗教授を見た硅太郎に、小栗教授はキザな作り笑いを作ってみせる。

「まあとりあえず、手をこまねいて期限日を迎えるよりは、断然いいことなのは確かだ」

とりあえずおいしい話ではある。

硅太郎は校舎から伸びるロータリーを歩いて隣の建物に入った。夕方前の廊下にはまばらに人の姿がある。

レポートの提出期限延長チケット。もしも期間内に提出できればそれを使わず、小栗教授の作品として自分が収めることができる。

瀬名という男が気になっていたのは確かだ。硅太郎は模写以外の油絵を描く気はない。自分が模写をするのはあくまで名画の雰囲気や構図の取り方を日本画に活かそうと思うだけで、油絵に転向しようという気持ちはまったくなかった。即ち彼とはライバルにはなり得ない。賞を取った瀬名を羨ましいと思うが、同じ展覧会に出したわけではない。嫉妬心は湧かない。

そうなると単純に興味を引かれた。賞を取り、教授に贔屓される彼はどういう絵を描くのだろう。どれほど芸術家らしい人間なのだろう。どういう志を持っているんだろう。

瀬名銀示。――瀬名、銀示。

頭の中で何度か名前を呟いてみる。

わりと潔癖そうで和的なイメージだ。気むずかしそうな響きもある。

大湊教授は、フランスで活躍した期間が長いひとで、フランス史に長《た》けた人だ。そのお気に入りというのだから、あんまりだらしない口調で話しかけたら軽蔑《けいべつ》されるかもしれない。

フランス美術界の話題を振られても何のコメントもできそうにない。でも同級生相手に変にかしこまろうとする自分もなんだか気にくわない。

たかだか伝言を伝えるだけなのに、何を考えているんだか。

我に返った硅太郎は軽く深呼吸をした。

伝言を伝えて話せそうだったら話す。普通のことだ。瀬名に気に入っていただく必要はない。

大湊教授のアトリエは校舎の一番北側にある。普通学生は、制作室にキャンバスを立てて場所を譲り合いながら制作するというのに、瀬名は教授とマンツーマンでご指導を受けるらしい。

いい絵ができて当然のような気がする、と思いながら大湊教授のアトリエのドアをノックしてみた。引き戸が少し開いていた。返事がないので開けてみる。

「……」

部屋に面して硅太郎は固まった。

地震か何かがあっただろうか。

そう思わざるを得ない、物の海だった。棚という棚から物が飛び出して床に散ったような散乱具合だ。だが棚にはちゃんと物が詰まっている。一面物で覆われて床が見えない。椅子は倒れ、額がうつぶせに倒れている。唐突な位置に男の石膏像が生え、カーテンが半分外れて垂れ下がっている。

地震に驚いた動物がパニックで暴れ回ったような惨状だ。だから部屋のまん中とも北寄りとも知れない位置に、ぽつんと立っているキャンバスの唐突さがよけいに際だっていた。

そして、丸椅子の上にしゃがんでいる男を見て、硅太郎は思わず「あっ」と声を出した。横断歩道前にいた彼だ。球根を手渡した、あの榛の巻き毛の男だ。

男は、硅太郎がドアを開けても視線を動かさず、止まり木に止まったカナリアのような変な姿勢でキャンバスをじっと見ていた。

やっぱりここの学生だったのか、と思うと同時に、色んなことが腑《ふ》に落ちた。大湊教授が預かった留学生だろう。きっと瀬名と一緒に預かって、二人でこのアトリエを使っているのだろう。これまで構内で会わなかった理由も納得がいく。

「あの」

硅太郎は男に声をかけた。

集中しているところに申し訳ないが、彼が気づくまで待っているわけにもいかないし、瀬名を探さなければならない。だが声をかけても彼は瞬きひとつしない。彼自身が大理石の像のように、キャンバスの前で可憐に見える造形のまま佇んでいる。

「あの。……あの、すみません」

集中しきっているのだなと、感心しつつ部屋に踏み込もうとしたが足の踏み場がない。プリントや書き崩しのような紙が敷き詰められていて、一歩目さえ踏み込めない。

彼に近づくなら踏むしかないのだが、踏んでいいものだろうか。デッサンのようなものも交じっているが……。

考えたがやはり、たとえ線一本でも絵画のためにおろされた痕跡《こんせき》を踏むことはできず、硅太郎は大きめの声を出した。

「あの！　お邪魔してすみませんが！」

「うるさい。入ってきて」

跳ね返すような神経質そうな声が返ってきた。

「いや、でも」

通る場所がないと声音で戸惑いを告げると、男は視線はキャンバスから動かさないまま早口で返事をする。

「踏んで入ってきて。用事を言ってすぐに帰って」

「……」

そうするしかないが、生理的に紙を踏むには抵抗がある。硅太郎は少し悩んだが、やらなければ用事は済まなそうだ。進むところにある紙をざっくり掬《すく》って隣に寄せつつ、床に転がった石膏像の頭を跨《また》いで、足を下ろす位置にある乾いた絵の具が塗りたくられたダンボールの紙片と黄ばんだカレンダーをつま先で退けたところに足をつく。よいしょと跨ぎ、今度は反対のつま先で足を降ろせる場所を探す。

目の前で削りかけの発泡スチロールが倒れる。手鏡に色を塗ってあるのは何の呪《のろ》いなんだろう。美大には変わり者が多いがこれはまたとびきりだ。雪山を歩く以上の困難さで彼の側に向かう。歩数を減らすために、歩幅は広いほうがいい。大きなトマトの缶詰の空き缶を押しやり、にじるようにして左脚を出してふと顔を上げると、横を向いていた彼のキャンバスが見えた。

繊細。

第一印象がそれだ。続いて印象派だと思う。ピンクをベースにした彼の絵には輪郭らしきものがない。下塗りの段階にしたってあまりにぼんやりしすぎだ。だが、それがダリアだとひと目で硅太郎にはわかった。

輪郭はなく、色も何色を塗っているか判別がつかないほど画面中にやたらと飛び散った感じなのに、なぜだかそれはダリアの花以外には見えなかった。

「……」

硅太郎は目を擦《こす》った。形はどう見てもダリアではない。しかしこれはダリアだ。光が浮き出るというか、削ってゆくと光が透けてくるというか、細かくひび割れたガラスの向こうの画像を見ているようだ。モザイクに近いくらい色が飛び散っている。なのに浮き上がるほどイメージは鮮やかだった。

引っ張られるようにもう一歩近寄った。つま先の下に紙が挟まったが、かまっていられないくらい、目が、意識が、彼の絵に吸い寄せられる。

こういうのが才能って言うのか。輪郭のない理由に硅太郎は何となく納得した。芸術は思考の外で展開する。まさしくそれを目で見た気がする。

「そこ立たないで。時間がないんだ」

言われて振り返れば、自分の影で窓から差し込む光源が変わっている。目に入った時計は十六時過ぎ。夕日に変わるとそれ以上絵は描けない。

「ごめん」

急いで床の紙を掻き分けながら硅太郎はその場にしゃがんだ。丁度、やや左斜めがわからキャンバスが見える。見せてもらうならこの位置で十分だ。

「そこならいい。今日は喋《しゃべ》ってもいいよ」

そう言って、彼は先端に小さな菱形《ひしがた》のヘラ《ブレード》がついたペインティングナイフを握った手をキャンバスに差し伸べた。最低限の言葉を並べて彼は問う。

「用事は何」

「瀬名に会いに来たんだけど」

「何？」

「やっぱりここに、瀬名がいるんだな？」

訪ねる部屋を間違ったわけではないらしい。

「瀬名にレポートを出せって、小栗先生の伝言を預かってきたんだ。アンタに伝言頼んでもいいけど、できれば直接瀬名に会いたい」

他人の伝言のために彼の筆を止めるのは重罪のような気がしたが、瀬名の居場所を彼に訊《たず》ねなければ、硅太郎の用事は済まないし邪魔しついでだ。

「無理」

入れたばかりの青を慎重に眺めながら、彼は答えた。

「今日はいないの？」

「いるよ」

「待ってたら戻ってくるか？」

「無理って言っただろ？」

キャンバスに向かったまま彼は答える。彼に挨拶をせずにいきなり用事を切り出したのが気に障ったのだろうか。

確かに失礼だったと硅太郎は思った。彼の制作の邪魔をしたうえに、彼を無視して瀬名のことを探そうとした。

「ごめん、いきなり悪かったよ。えと。あの、俺のこと、覚えてる？」

「誰だっけ」

こちらを見もせず素っ気ない返事だ。

「昨日、花屋の前で会った。横断歩道のところで」

「……ああ」

記憶力がないのかぼんやりしていたのか。男はそれを聞いてもあまり関心がないような返事をした。

「球根、どうした？」

「どうすればいいの？　あれ」

「普通水栽培だと思う」

「水をやってりゃいいの？」

「たぶん。俺も詳しく知らないけど」

小学生のときの記憶によれば、水栽培ポットの中に肥料のようなものを入れた記憶はない。球根の底が水に浸かるようにしておけば根や芽が生えるものではないのだろうか。

「じゃあ、虹が生えるね」

普通の事実のように言われ、硅太郎はとっさに答えに詰まった。彼はなぜ硅太郎が驚いた顔をしているかわからないように、淡々と続ける。

「水をやるんだろ？　球根の中に水を吸って花が咲くなら虹しかない」

水と光。それが虹の正体であることは硅太郎もよく知っているけれど、そんなことを普通に語られても同意してもいいものかどうか。

「そ……そうかもな」

突然芸術家らしい言葉を吐かれて、そう答えるのが硅太郎にはやっとだ。

なるほどこれは不思議ちゃんのようだと思いながら、硅太郎は立ち上がろうとしたが、手をつく場所がない。しかたがないので、自分の足の甲に手をつき、足の裏を動かすことなく立ち上がって彼に言った。

「俺は浅見硅太郎。日本画専攻の二年生」

「ふうん……？」

聞き流された上に言葉はそれっきりなようだ。自分が名乗る気はないらしい。しかし、邪魔をしている身だ。自己紹介くらいしろよと言える立場でもない。さっきよりも何となく機嫌がよさそうな声にほっとしながら、硅太郎は改めて説明を重ねた。

「あんたの邪魔したのは悪かった。ただ瀬名に伝言を伝えて返事をもらわなきゃならないんだ。できれば直接瀬名に伝えたいんだけど」

これで彼の機嫌を損ねたら彼の器量が狭いだけだと思いながら、硅太郎は用件を繰り返した。とりあえず瀬名に会って伝言を伝えられればいい。小栗教授の口調では、伝えたからといってすぐさま提出されるとは思っていなさそうだ。

「無理。字は、名前しか書けないから」

「だからアンタの返事じゃなくて、瀬名の返事なんだけど」

硅太郎は彼の巻き毛を眺めて、ああ、と思った。とりあえず日本語は喋れるようだが、細かいニュアンスが伝わらないのかもしれない。硅太郎は、また一筆入れられる鮮烈な青を眺めながら力の抜けた声を出した。

「とりあえず瀬名の居場所を教えてもらえるとありがたい。お礼はちゃんとあとでするから。これ以上、アンタの邪魔をしても悪そうだし」

この男が最近ここで絵を描いていることはわかった。一度キャンバスを立ててしまうと、あまりあちこち動かさないのが普通だ。絵の仕上がりはまだ遠いようだ。

「瀬名が今日、学校に来てるかどうか、もう帰ったかどうかだけでも教えてもらえたら助かるんだけど」

一緒に探してほしいとか厚かましいことを言うつもりはない。今彼が知っている範囲の情報を教えてほしいだけだ。

それにしても、と、硅太郎は描きかけのキャンバスを見る。

ひと目見て、異常だと思う画面だった。色の構成がとにかくおかしい。なぜピンクの上に青を乗せるのか。その唐突な茶色は何か。狭い範囲を見ると突拍子もないように見えるのに、全体を見ると恐いくらい自然なのはなぜか。

ぞくりと、背中が粟だった。自分にはない才能がここにある。

引導を渡された気分だった。この絵は自分には描けない。

圧倒されながら、硅太郎はキャンバスを見た。瀬名に会わなければならないが、この絵を描くところをこのままずっと見ていたい。瀬名がどれほどの絵を描くかは知らないが、この男の才能も大変なものだ。

そしてこの男もものすごく偏った印象派だな。と硅太郎は思った。瀬名という男もその傾向にあった。大湊教授もどちらかといえば印象派の絵を描くが、最近の油絵はその傾向が多いのだろうか。どこで学んで何歳から絵を描き始めたのだろう。初めから大湊教授に師事していたのか、どこかで習っていたのか、どこの国から来たのだろう。

「俺だけど」

唐突に言われて、硅太郎はぽかんと淡い輪郭をした彼の横顔を見た。

「何が?」

「瀬名銀示」

「は……?」

「瀬名銀示は俺で、俺はレポートは出さない。っていうか出せない」

「だからあんたの意見を聞いているわけじゃなくて、瀬名銀示本人の返事がいるんだ」

「――わっかんないヤツだな！」

子どもが腹を立てるような幼い口調で言って、瀬名はこちらを振り返った。

硅太郎を見据える大きな目。室内で見ても榛がかった色の瞳は、硅太郎の心の奥まで見透かすように強い視線で見つめてくる。

「俺が瀬名銀示。レポートは出せない」

簡潔な説明だ。わかったが頭がついてこない。このいかにも西洋人っぽいやせっぽちが瀬名銀示？

「あんた名前は……？　……ああ」

自分でも馬鹿なことを訊いたと思ったあと、硅太郎は頭を抱えた。

「瀬名、か」

「うん」

と言ってまた彼は向こうを向く。

言われてみれば、このクラッシュガラスの裏から浮き出すような技法は美術雑誌にあった瀬名の絵だ。本には小さな画像しかなかったし、黒っぽい絵だったから気がつかなかった。いつもの硅太郎なら気づいたはずだが、完全に名前の先入観に目隠しをされた。こんな洋風で頼りない容貌をした男が瀬名銀示であるはずがない。今も目の前に瀬名銀示より、自分のイメージの中の瀬名銀示の方が《瀬名銀示》っぽい。

——何を考えてるんだ、俺は。

イメージはどうあれ、本人がそういうのだからそうだ。

「レポート、無理か？」

「うん」

名前しか書けないというのはわかる気がする。レポートは英語でもいいのではないかと思うが内容のことまで聞いていない。日本語が書けないという割りにはずいぶん達者に日本語を喋るなと感心したが、日本での生活が長くても字を書く必要がなかったのかもしれない。外国人として、あるいは特別な生活が許される芸術家としてありそうな話だった。

小栗教授も人が悪い。おつかいに出すなら最低限の情報を提供するべきだ。チケットに書き込まれる数字は間違いなく《2》だろう。それすら彼は予測していたのだろうか。

硅太郎は「わかった」と答えた。急に終わってしまった用事に呆然《ぼうぜん》とした。

瀬名は、向こうを向いてまたキャンバスに手を伸ばしていた。瀬名は自分が出ていくのを待つ様子ではない。他人がいると描けないという人間がいるが、瀬名は平気なのだろう。

硅太郎は改めて瀬名の絵を眺めた。優しい色の淡い輪郭の、だが花の瑞々しさが迸《ほとばし》るような絵だ。こんなに圧倒される絵の制作場面を近くで見るのは初めてだった。

無心に色を重ね続ける瀬名を、硅太郎は呼吸を抑えながら見つめた。初めて会った日と変

わらない、手入れの悪い榛色の巻き毛。睫毛が長い。少しだらしないシャツの着方も、初めて会った彼と同じだ。

これが瀬名銀示。

ゆっくりと頭の中で認識が縒《よ》ってゆく。

――運命だよ。

そう言った小栗教授にそんなに簡単でいいのかと言った記憶はあるが、事実はそれよりもっとあっけない。

ただただすごいな、とキャンバスを見て硅太郎は思った。十二号のキャンバスの上で自分にはわからないことが起こっている。わからない色が組み合わせられて視覚より自然で鮮やかな色を放っている。

こういうのが才能って言うのだろう。数値じゃないから見えにくいが、自分との間には決定的な差がある。成績のいい友人を羨ましがると言うレベルではない。自分にはこの絵を描けない。油絵だからというのではない。決定的な色の感覚が違うのだ。

瀬名が乗せてゆく突拍子もない色が、画面の上で「ここにはこの色しかない」という風に居場所を決めてゆくのに見とれていると、背中を向けたまま、瀬名が言った。

「まだいたの」

彼の目許には長くなってきた陽が差し込みはじめていた。瞳の色が透けて銀色に見える。

「……うん。才能ってどういうもんかなと思って」

答えたあと、嫌みや興味本位に聞こえたかな、と思ったが、瀬名はとくに機嫌を損ねた風でもなく問い返してきた。

「どういうもんなの？」

「わからない。でもアンタにあるのはわかるよ」

なぜこの差が生まれるか、どうしたらこの差が詰まるのかは分からなくても、硅太郎の絵とははっきりと別格の差があるのはわかる。

「明日も来る？」

問われて、えっ？　と硅太郎は瀬名を見た。今日は見学を許してもらえるとしても、歓迎されるとは思わなかった。

意外さに少し戸惑うが、嬉《うれ》しい申し出だ。頷きかけて硅太郎は、あ、と思い出す。

「いや、明日は用事がある」

向こうを断ろうかと思ったが、そうもいかない。

「また別の日に見せてもらいに来ていいかな」

と言うとキャンバスを見たままの瀬名は「ん」と曖昧な声を漏らした。

硅太郎の通いの店のひとつに質屋がある。

ディスカウントショップとでも言おうものなら笑顔で塩を撒《ま》かれるような昔気質《むかしかたぎ》の質屋で、亭主は偏屈且つ目利き。質流れ品しかないから点数は少ないが、掘り出し物というなら画廊よりは精鋭揃いだ。

質と染め抜かれた布幕をくぐり、カラカラと小気味のいい音で開く引き戸を滑らせる。中は年季の入った板間だ。よく磨かれている。

「ごめんください」

声をかけて硅太郎は奥へ進む。店内に飾られた掛け軸や壺。油絵も素描《そびょう》もある。硅太郎は目利き自慢だが、いつもここの店には恐れ入る。高い品物安い品物入り混じりだが、偽物を見たことがない。

店舗の奥にあるカウンターに老人が座っていた。小柄で痩《や》せていて、丸い感じの眼鏡《めがね》をかけている。白髪だが背筋が伸びていて、和服姿だから何となく落語家のようだ。

「十五日です」

いつもの決まり文句を硅太郎は言った。老人は、硅太郎を見て愛想を言うわけでもなく、少し上目遣いで言った。

「ああ、そうかい。もうそんな日かね」

質屋が日付を忘れるはずはないのに、しれっとそんなことを言う。男の名は高橋《たかはし》という。

ここ、質《瑠璃《るり》や》の店主だ。

「掛け軸だったね、引き受け料はできたのかい？」

「いえ、まだ。今月も利息だけ」

「まあ、学生さんには高い買い物だからねえ」

しなのある声で言って、店主はカウンターの下から帳簿を出した。

「今月分、五千円だよ。いい加減に諦めちゃどうだい？　馬鹿《ばか》にならないよ？」

「いえ、もう少し頑張ります」

硅太郎には欲しい絵がある。たまたまここの質流れとして、他の商品と同じように壁にかかって売られていた掛け軸だが、一目惚《ぼ》れをして、どうしてもそれがほしかった。

買い取るなら百五十万円。硅太郎にはそんな金はすぐに払えないがなんとか待ってほしいと店主に交渉をしたら、硅太郎の望みが叶う方法を教えてくれた。

本来なら、質屋は品物を預かって、品物に見合う金額から利息を引いて融資をする。期日までに査定金額を返せば品物が返ってくる。返せなかったら質流れだ。

基本的に質屋は金利だけで儲《もう》けているわけだから、金を借りずに品物をしまってもらって金利のみを硅太郎が払うという方法だ。簡単に言えばお取り置き代というやつだ。

亭主は、年季の入ったキセルの煙をぷかりとふかした。

「ま。絵画ばかりは一点ものだからねえ。一期一会の代金さ」

「はい」

ポスターや版画のように、何枚も作られたものなら次の出逢《であ》いを待って諦めるが、硅太郎がほしいのは、美術の教科書に名前が載るような作家の掛け軸だ。未発見のものだが、間違いないはずだった。ここの亭主は質屋で、自分は美術商ではないと言う。質屋が質流れ品としてつけた値段は百五十万だが、市場で買えば二百五十万は下らないだろう。

水産会社の経営者の家から出た品物で、秘蔵の品だったらしい。長く続く不景気でお宝が世に流れてゆくのは嬉しいのか悲しいのか。多くの人がいい作品を目にする機会は増えるが、紛失や破損の可能性も上がる。

硅太郎が模写のポスターを作ったり、オークションで稼いでいるのはこの掛け軸を買うためだった。辛抱して貯めているつもりだが、百五十万まではまだ遠い。

「もうしばらく待ってください。取り置いてもらえるうちは頑張ります」

他にバイトを入れようか。学校にいる間は、絵画に関わること以外したくなかったのだが掛け軸のためだ。

店主はキセルを吸いながら硅太郎を見た。

「美大の坊っちゃんは目利きだからねえ」

「やめてくださいよ。まだまだ未熟で始めたばかりです。最近贋作《がんさく》は摑まされなくなりましたが、掘り出し物は苦手で……」

「いや、それが大事でしょうよ。坊っちゃんは描くより美術商の方が向いてるんじゃないかい？」

「……」

褒め言葉なのか、けなされているのか受けとりかたが難しい。以前、硅太郎は彼に自分の絵を見せたことがある。けなされもしなかったし《お上手だねえ》と愛想を言ってもらったが、値段を付けてくれそうなそぶりではなかった。今は、美術商はどうだと本気で勧められているのがわかるからよけいに複雑な気分だ。

亭主は、キセルに息を入れて、隣の煙草《たばこ》入れの灰吹きにふっと灰を零《こぼ》した。

「お宝の値段は上下するもんだが、ガラクタはどう扱ってもタダだからね」

「まったくです。鑑定に迷ったら相談に来させてください」

「そうだねえ。しかし、あたしも今は手一杯でね。目利きは二人は育てられないよ」

「たしかお子さんがいらっしゃるんでしたか。この店を継ぐんですか？」

硅太郎が聞くと、店主はあはははは、と空笑いをする。

「子どもなんて歳じゃないよ。あたしゃもう七十《しちじゅう》だよ。それに子どもでもないね」

「お弟子さんですか？」

「それとも違うねえ。まあ、いろいろあるんだけどさ、この歳になって苦労かけられっぱなしだよ、まったく」

言葉を濁した亭主はあまり話したくなさそうだったから、それ以上訊かないことにした。質屋の奥は屋敷になっていて、そこで人影を見たことがある。中学生くらいの男の子で、のれんの下でちょこっと頭を下げて、飼い猫を追いかけてまた部屋の奥へ行ってしまった。特殊な商売だ、亭主の言うとおり「いろいろある」のだろう。立ち入らないのが吉だ。

「息抜きでいいから俺の面倒も見てください」

そんな雑談をしているとき、表の戸が激しい音を立てた。

「ごめんください。急ぐんだけど！」

そう言って入ってきたのは初老の男だ。作業服を着ていて、手には風呂敷を持っている。客らしい。硅太郎はカウンターの前を退いた。男は硅太郎に目もくれずカウンターの上にどん、と音を立てて風呂敷包みを置く。

「これで、金を出してくれ」

ほどいた風呂敷の中から現れたのは、古い木箱だ。

男は、雑な手つきで蓋《ふた》を開け、両手を箱の中に突っ込んで中から茶碗《ちゃわん》を取り出した。

「これ。古伊万里《こいまり》の茶碗だ。殿様に貰った茶碗で、ちゃんと手紙と署名もある」

男は箱の中から形の崩れた薄茶色の和紙と、蓋をひっくり返して見せた。

「今日中に三百万円。残りはまた相談に来る」

そう言う男の目の前で、亭主は痩せた手で茶碗を取った。亭主はたいしてよく見もせずに、茶碗を元に戻す。

「千五百円。金利手数料を引いたら千円までだね」

「おいおい、冗談だろ？　箱だけでも百万するだろ！」

冷たい亭主の物言いに男が怒鳴る。亭主はこの茶碗から泉が湧こうと査定を変える気はないような淡々とした声で答える。

「しませんよ。昭和の初め頃のお品でしょうね。箱はおうちの方がお書きになったんでしょう。年代的に言うとあなたのおじいさまか、曾《ひい》おじいさまかが」

「うちは松平なんて名前じゃねえよ！　どう見ても殿様だろ⁉」

「そうですねえ、松平家には、長親《ながちか》さんなんて殿様はいませんけれども」

「偽物って言うのか」

「何をして偽物というのかわかりませんが、少なくとも古伊万里でも殿様所有のものでもありません」

「たとえ、殿様のものじゃないにしたって、茶碗に価値があるだろう？」

「昭和初期の普段使いのお茶碗のお値段でしたら、千五百円です」

「なんだと⁉　どこが偽物って言うんだ！」

「そもそも古伊万里はこんなに厚手じゃありません。絵の具もぜんぜん違う。有名な窯《かま》でもないようですし、高台の切り方を見ると個人の窯で作られた大量生産品のようです。三百点以上制作していると、こんな糸でざくざく切った高台になる」

「それが味だろうが！」

「そうです。だからおうちに帰って大切になさったほうがいいと思います」

「この茶碗はな、うちのじいさんが、これを売ったら家を建つって言い残したシロモンなんだぞ⁉」

よくある話だ。男の怒鳴り声を聞きながら、硅太郎は気まずく目を伏せた。

「どこをどう見たって立派な骨董《こっとう》じゃねえか！　何が偽物って言うんだ！」

なおも食い下がる男に、亭主は淡々と答える。

「あのねえ、誰かの物をまねて作ったんじゃないなら、どの茶碗だって偽物じゃない。でもうちでは千円しか出せません」

「お前、この茶碗を千円で騙《だま》し取ろうって魂胆だろう！」

「いいえ。うちは質屋ですから、期限までにお利息合わせて千五百円お持ちくだされば、いつだってお茶碗をお返ししますよ。そういう商売です」

「でもじいさんが大事にしてた茶碗なんだ」

男は目に涙を浮かべて必死に訴える。亭主は首を傾《かし》げたあと、寂しそうな声で言った。

「あたしらは思い出は査定できないんですよ。しかし、あたしたちにとってはガラクタでも、あなたのご先祖様の思い出が詰まった大事な茶碗でしょう?」

遠目に見ても箱書きの書き方からして偽物だが、ただの茶碗に桐箱を作って殿様の所有物っぽくしまっておくほど気に入った品物だったのは確かなようだ。

「あなたのご先祖様がそんなに大事になすったもんなら、形見とでも思ってお仏壇の横にでも飾ってはいかがですか」

亭主の言い方は冷酷だが優しいなと硅太郎は思った。つまるところ、どのくらいの思い出が詰まっていようとも美術価値観からすればガラクタでしかないということだ。心だけが詰まった茶碗は金にはならないのだから大切に持っておけということか。

男はわなわなと震えたあと、手のひらで、ばん！　とカウンターを叩いた。

「お前のところには売らねえよ！　俺に金がないと思って、クズ同然の値段で買い取って他に持ってくつもりなんだろ！」

「だからうちは買い取りませんって」

「うるせえ、もういいッ！」

男は怒鳴って、茶碗を乱暴に木箱にいれて、風呂敷と手紙を摑んだ。

「よそに持ってく！」

「どうぞ」

亭主が答えると、男は亭主を睨《にら》みつけ、カウンターの下の壁を靴で蹴《け》りつけて入り口の方へ向かった。ガラガラッと木戸が激しく音を立てる。だが奥にぶつかる音はしない。

不思議に思って戸口を覗くと軽い木戸は、最後の十センチくらいでゆっくり開くような仕掛けが施されているらしい。

「ああいうお客が多いんでね」

「お見事」

真実と妥当な査定だが、そうは受け取ってくれない客も多いだろう。人情がらみならなおさら逆恨みを買いそうだ。《質屋は三代続かない》というが、なるほどな、と硅太郎は思った。謂われもない逆恨みを買わずにいられない職業だ。

「まあねえ……」

先代は、キセルの先に煙草の葉を詰めなおしながらため息をついた。

「思い出は金にならないけど、思い出は金で買えないってのが何でわからないのかね。お金って恐いねえ」

「高橋さんがそれを言いますか」

彼らが扱うのは物や金じゃなくて、金利という実態のないものだ。その酸いも甘いもかみ分けてきた男に金が恐いと言われたら、自分はどうすればいいのだろう。

† † †

「ほら。今月分だ。ちゃんと辛抱して使ってくれよ？」

玄関先で茶封筒を差し出され、銀示は黙ってそれに手を伸ばした。

「もとからある家だから家賃はタダだが、ここの税金を払ってるのは俺なんだから。忘れないでくれよ？」

「……うん」

小さな声を出して、銀示は頷いた。古い洋館の玄関だ。草ぼうぼうの庭と、ペンキが剝げて木が見えている壁。水色のタイル張りの玄関で、庭用のスリッパの端を踏みながら立っていた銀示は心の中で燻《くすぶ》っている問いを男に差し出してみる。

「……このお金は、お父さんのお金だって、聞いたけど」

自分の代わりに、この清水《しみず》という父の従兄弟《いとこ》にあたる男が遺産を管理していると弁護士から聞いていた。父の残した金は巨額というのではないが、銀示が大学へ行って普通程度の生活をするくらいは十分あるだろうと聞いていたのに。

清水は顔を歪《ゆが》めて銀示を見た。

「まだそんなことを言っているのか？　銀示くん」

父親より十歳若いと聞いているスーツ姿の清水は、身振りを交えながら大きめの声で話す。

「弁護士が言ったのは単純計算の話だろ？　君が貰った遺産を、君が卒業するまでの月数で割ったらだいたいそれくらいの計算になるってだけのことだ。でもあのね、銀示くんにこうやって渡す金の他にけっこういろいろ経費がかかってるんだよ？　電気を契約するお金とか、電話とかガスとか、物を使う前のお金ってけっこうかかるんだよね。それに管理会社に挨拶に行くのにお菓子とか買ってるんだよ？　他に住民票代とか印鑑証明とか、そういうのを考えてくれないと困るんだけど」

それを含めて、遺産で賄《まかな》っても卒業まではとりあえず心配ないと弁護士から聞いていたが、どうやら話が違うようだ。

銀示が黙っていると、清水はうんざりしたようなため息をついた。

「《いつまでもあると思うな親と金》って言うだろ？　銀示くんがね、辛抱した生活をしてくれれば俺が卒業までなんとかしてやるつもりなんだよ。いいかい？　無駄遣いしないで。その金も余るようならちゃんと貯金をして、来年の税金を払ってくれる気持ちでいてくれないと困るんだ」

そんなことを言われてもどうすればいいかわからないし、絵の具もほとんど教授に分けてもらっている。展覧会への出展費も毎月もらうこの金から銀示が出しているし、公募展の賞金が出たときもちゃんと彼に渡した。

それでも足りないのかと訊くと、また大きな声でまくしたてられそうだったから銀示は何も言わないことにした。黙っていても気にくわないのか、清水は少し背のびをして銀示の背後を覗き込み嫌な顔をした。

「ねえ、銀示くん。あんまり他人の家に口を出す気はないけど、俺、一応保護者だから。もうちょっと片付けようよ、もう大学生だろ？　お父さんとかお母さんとか、何も言わなかったの？」

清水はこの家に来るたび、こうしては必ず散らかっていると文句を言う。

「置いてるだけだよ」

別にそれで清水を困らせたことはない。だがそう返事をすると必ず清水は怒るのだった。

「他の人がこれを見たらどう思うと思う？　ほんと、大人の自覚がないよ。ちゃんと片付けろよ。来月も見に来るからそれまでにちゃんとしておいてくれ」

何を「ちゃんと」するのだろうと今日も思うが、先月問い返したら怒られた。「物を捨てたり片付けたり掃除をしたり、そういうこと」と言うが、今生活に不便が出ているならまだしも、そうしなければならない理由が銀示にはわからない。

「とにかくお金はないから。あんまりうちを当てにしないでくれ。俺は是孝《これたか》さんと従兄弟になるが、生前の付き合いなんてほとんどないんだから」

迷惑そうに言い残して、いらいらした様子で清水はモスグリーンの扉が付いた玄関を出ていった。

ばん、とドアが閉まる音がして車が去ってゆく。

ドアが閉まった玄関に立ち尽くし、銀示は現金が入った封筒を眺め下ろした。

本当のところ、この金は誰の金なのか、なぜあるのか銀示はよく知らない。

とにかくあまり金を使うなと言われているのはわかったから、できるだけ努力することにしていた。学校に行けば誰かが食べものをくれるし、教授が食堂に連れていってくれることもある。毎月金を貰ったら、今日までに届いた封筒全部をコンビニエンスストアにこの封筒と一緒に差し出すと、余った金を返してくれる。それで食べものや絵の具を買う。

清水は怒るが、品物で埋め尽くされた家の中にはちゃんと通れる場所があるから少しも不自由はしていない。物は多いほうだと思っているけれど。

ポストに入れられていたチラシや何かの封筒を踏みながら、銀示は奥の部屋に戻った。

玄関以上に物に溢れた部屋だ。一応玄関は清水に気を遣っているつもりなのだと思うけれど多分通じない。

銀示はキャンバスの前まで行って椅子に座ると、隣の机に置いてある雑誌程度の大きさをした絵と向き合った。

絵を描いている女性の肖像画だ。母が描いた自画像だった。金髪に榛の目。春の陽射しのような色の人だった。自分は確実に母の絵の影響を受けていて、違うところと言えば、母の絵は粒子がやわらかく、自分の絵は断片が少し尖《とが》っているところだ。母の絵がなめらかな布だとするなら、自分はガラスの粉だ。だが感じはよく似ていると思う。

ジーンズの足を投げ出して、銀示は肖像画に問いかける。

「俺はどこにいけばいいのかな、ママ」

——お外に出たいの？　銀示。

——もう少し待ってね？　春が来たらね？

歌うようにそう言いながらキャンバスに向かう母の横顔ばかりを思い出す。

「外に出たけど、部屋の中の方がいいところみたいだよ」

小さい頃からあんなに憧れていた部屋の外に出てみたのはいいけれど、世界は飛び交う石の中のようだ。動けばあたるし、じっとしていても石がどんどん飛んでくる。ぶつかれば痛いし、当たったところがいつまでも痛くて、しゃがみ込むしかなくなってしまう。いいところなどひとつもない。

母と自分は長い間、父に軟禁されていたのだと弁護士に聞いた。とても悪いことだと言われたが、弁護士が言うほど自分たちは不幸ではなかった。

家の外に出られないだけで、家の中では自由だった。毎日絵を描き、母が手料理を作る。父はケーキやオモチャを毎日買い与えてくれ、母にも優しかった。

恐かったのは一度だけ、自分が庭に出て父に怒られたときだけだ。あんなに言い聞かされていたのに、あんなに母とも約束をしていたのに、裏口の鍵《かぎ》を開けて外に出てしまった。約束を破ったのは自分だったのに、父は自分よりも母親を強く叱《しか》った。喧嘩《けんか》になって母が泣いた。その後から父はいっそう優しかった。仲直りをして前よりずっと仲良くなった。

十七歳の誕生日を祝ってくれた次の次の日、父は事故で他界した。知らない男たちがいきなり家の中に入ってきて、逃げ惑う母は階段から転落して一日違いで亡くなった。

押し入ってきた人々は銀示に言った。

かわいそうだったね、もう大丈夫。君は自由だよ。

父と母がいなくなったことを哀れんでくれているのかと思っていたら、彼らが自分をかわいそうだというのは、自分がずっと家を出られなかったことについてのようだった。もう大丈夫というのは父がいなくなったことで、自由というのは父や母がいなくなったことだという。

わからない、と何日も泣いた。なんでみんなそんな酷《ひど》いことを言うのかがぜんぜんわからないと訴えたが言葉が通じないように、すべての人が「よかった」と言った。

弁護士とかカウンセラーという人がずっと通ってきて、自分と母が置かれていた環境は異常だったのだと自分を説得した。銀示も母も外に出るのは自由なのに、父親が精神的肉体的暴力でそれを恐れさせ、外に出る気をなくさせてしまったと。

もう大丈夫だと言い、簡単な料理を教えてくれ、近くのスーパーに連れていってくれた。そのときに初めて現金を見た。

絵は描けるが字は書けない。正確には絵に入れるサインだけ——自分の名前だけは書けるが、他の日本語はまったく読み書きができない。母は日本語が喋れたが読み書きはできず、読んでくれたのは英語の絵本だけだ。

そのうち清水がやってきた。暮らしの塩梅《あんばい》がわからない自分に遺産を自由にさせると危ないからと言い、生活に必要な金は彼が持ってきてくれることになった。弁護士がやってきて絵を描く学校にゆけと言った。本当は幼い頃から学校に通って高校を卒業した人たちが入るところだが、銀示のような、絵しか描けない人間を受け入れることもできるという。

毎日絵を描き、一人で暮らす練習をする。

——そうして君は自由になるんだ。

ものすごくいいことのように弁護士は言ったけれど、行く当てもなく外は辛《つら》いばかりで、とうていそんな風には思えなかった。

「……」

ふと絵の隣に置いていた球根に目が留まった。もらったのはいいが、どうしていいかわからないものだ。

《水に入れとけば花が生える》と言われたのを思い出した。そんな馬鹿な話があるだろうか。虹が生える方が現実的だからそう言ったら、彼は不思議そうな顔をしたが、他の人のように困った笑いを漏らさなかった。

なぜ自分に、歩道を渡れと彼は言ったのだろう。

このまま何となく人の流れの中で消えてしまわないだろうかと思っていた自分の心を見透かすように、何でそんなことを言ったのか。

——そんなの誰だってわからないと思う。

彼も自分の行き先を知らないのだろうか。姿勢のいい背中を見せながら横断歩道を渡っていった彼に訊けば、とりあえず次にゆく場所がわかるだろうか。

「あれ、《友だち》かな、ママ」

大学で自分の絵を褒めてくれる人は何人もいた。あそこがいいここが悪いと口々に言い、自分から絵を取り上げて他人の作品と一緒に広い部屋に飾った。

あんなにあっさりと「見たい」と言ってくれた人は彼が初めてだ。

学校で友だちを作りなさいと、カウンセラーが言った。教授たちも優しかったが、彼とは違う。

「えと……、なんとかケータロって言うんだって」

会話は普通にできるが、今まで人の名前など覚えたことがないから、記号のような名前はなかなか覚えられない。

「これもケータロがくれたんだ。友だちかな」

三本の指で摘むように持った球根を、肖像画の前でくるくると回してみせる。

「明日、あそこで待ってたら来ると思う？　ママ」

問いかけて銀示は、昨日の続きのパレットを持った。この気持ちはオレンジ色より淡い山吹色だ。花びらのように掬う形をした、温度のある優しい明るい色が広がるような気持ちだった。

明日、と思いながら、銀示は薄水色が主体だったキャンバスにオレンジ色を掬ったペインティングナイフを伸ばす。

明日、彼に会えるだろうか。そしてまた、昨日のように「この歩道を渡れ」と言ってくれるだろうか。

油絵のほうで瀬名の名前を尋ねたら居場所がわかるかもしれない。そう思いながら、硅太郎は大学へ続く道路を歩いていた。

有名人には違いない。しかしどのくらいの頻度で授業に出ているのか、そもそも学校にはちゃんと来ているのか。最悪、教授のアトリエに通っていれば数日以内には会えるのではないか――。

ふと横断歩道に目を向けると、まったく同じ位置に同じように佇《たたず》む人影があった。硅太郎は軽く手を上げ、「瀬名」と声をかけた。

「また偶然だな」

「……そうかな」

瀬名の返事はなんだかおかしい。

「覚えてないわけ、ないよな？　一昨日も朝、ここで会ったし、夕方も会っただろ？」

低血圧か何かだろうかと思いながら訊ねると、瀬名の方が不思議な顔をした。

「……ケータロ？」

「そう。よかった。覚えててくれたのか」

「うん。上の名前は思い出せないけど」

頼りなくそう言うから硅太郎は元気づけるように笑いかけた。

「上等上等。硅太郎でいいよ。俺は瀬名って呼んでいいの？　それとも銀示？」

せっかく親しく名前で呼んでくれるのだ。自分も彼の期待に応えたい。

「銀示」

ぼそりと彼は答えた。

「わかった。かっこいい名前だもんな」

セナというと、ちょっと外国人っぽい響きが彼に似合うような気がしていたが、彼は銀示という渋い名前の方が好きらしい。

銀示は少し落ち着かないような視線をあたりに巡らせ、戸惑うような喋り方で続けた。

「《瀬名》は、……あ……外に出るまで知らなかった名前だから、俺は、その、銀示でいいんだ」

銀示の説明は要領を得ない。

知らなかった名前とはどういうことだろう、と思ったが、自分はどちらでもかまわない。

「じゃあ銀示」

呼びかけると銀示ははっきりとほっとした表情をした。なんだかひどく危なっかしい感じが、硅太郎の第六感のようなところに触れてくるが、たかが呼び方の問題だけだ。大したことじゃない。

「銀示は、今から学校だよな？」

「そうなの？」

「……じゃあ、何でここにいるの？」

二人で怪訝に見つめあった。銀示はどうやら話し下手《べた》だ。口数はあるが要領を得ない。日本語は上手いが母国語は何なんだろう、と思いながら硅太郎から誘導することにした。

「歩きながら話そうか。学校には行くのか？　それとも誰かを待ってる？」

「うん。でももう済んだ。学校に行く」

「？　そうなのか」

やはり言っていることがよくわからないし、日本語が下手にしても妙に幼い感じがする。

しかし絵ばかりに没頭していて、海外暮らしもあればそういうこともあるかもしれない。対処というと変だが、芸術系の学校には変わった人間は腐るほどいる。高校の頃「自分は少しおかしいかもしれない」と悩んだ日々が馬鹿馬鹿しくなるくらい飛び抜けて個性のある人間が多く詰め込まれているところだ。銀示の個性が特別でも今さら驚かない。

信号が青になる。待っていた数人と一緒に歩道に踏み出した。

「……？」

銀示が歩くのに合わせてかぽんかぽんと変な音がする。足元を見ると靴が鳴っているらしかった。歩くたびに踵《かかと》が見えてしまうくらい足音が抜ける。つま先で引っかけて足を前に出し、体重移動したあと引きずる。足ひれのような動きになるからそんな音が立つのだ。

なんでそんな靴を履いているんだ？　と硅太郎が訊く前に、銀示が喋った。

「硅太郎は、学校に行くの？」

「そう。日本画の方にいる。銀示は油絵だろ？　教室に行くの？」

まあ靴はさておき、まずは彼の日常生活の把握からだと硅太郎は気を取り直した。

「ううん。行かないほうがいいって言われた」

「誰に？」

「教授に」

「教授が普通、そんなこと言うか？」

「うん。俺にはあんまり意味がないし、難しいって」

銀示ほどの絵画技術にもなると、普通の講義レベルでは意味がないということだろうか。少し面白くなかったが、受講を止めているのが教授だというなら銀示のせいではない。

「じゃあ、昼間はどこにいるの？」

「大湊教授のところ」

「ずっと？」

訊ねたとき、銀示の横に自転車が迫ってくるのに気づいて硅太郎は銀示の腕を引いた。

「うん。教授の側にいたら安心だから、って。絵の具も貰えるし」

「教授から絵の具を貰ってるのか」

油絵の絵の具の量は馬鹿にならない。絵の具自体が高額だし、薄く伸ばす日本画を《塗る》と言うなら、油絵は《盛る》だ。オイルで伸ばして描く技法もあるが、銀示はわりとごってり盛る方だった。

「うん。教授が持ってない絵の具は、本を見て買ってくれる」

絵の具代に四苦八苦する学生も多いというのに、銀示は平然と、そこまで手厚い援助を受けていると言う。

「……ずいぶん見込まれたもんだな」

少し皮肉な笑いになった。どうしてもずるいという考えが浮かんでしまう。えこひいき、特別扱い、パトロン。思いつくのは嫌な感じの単語ばかりだ。

「硅太郎は？」

「とりあえず教室に行く」

絵を見に行ってもいいかと訊こうと思っていたのだが、なんだか気分を削《そ》がれてしまった。銀示に才能があるのはわかるし、教授たちに贔屓されて然《しか》るべき成果も上げている。彼を妬《ねた》むにしても、自分に才能がないと判断したのは硅太郎自身だ。……わかっているが、銀示のように、欲しがらなくとも周りからふんだんに与えられる環境が、そしてそれをありがたがらない銀示の受け止め方が釈然としない。

「硅太郎、用事が終わったら、こっちに来る？」

硅太郎の事情などまったく知らない銀示が無垢《むく》な視線を向けてくる。曖昧な返事になった。

「うん、行けたら」

「待ってる」

銀示はすぐに答えた。そしてはにかむ。

「早く硅太郎が来る時間にならないかな」

本当に才能のある人間とは、汚い感情や屈託とさえ無縁なのかと思うと、よけい居心地が悪くなる。

アルバイトや用事がなければ放課後は学校に残って制作作業を続ける生徒が多い。一応の授業時間の終了時刻が来て、このあとそれぞれ制作中の作品の元へ行く。

「硅太郎。帰り、もんじゃ行く？」

布を貼ったパネルを片付けていた大平が、エプロンを外しながら硅太郎に訊いた。

「いや、今日は無理。ちょっと油絵の方に用事がある」

「――もしかして瀬名？」

冷ややかな顔で大平が訊いてきた。

「なんでそれを」

「朝、一緒に学校に来ただろ」

「見てたのか」

「ああ。ぜんぜん興味がない顔したくせに上手いことやりやがって。サインとか貰ったの？」

「そんなの貰わないって。偶然知り合っただけだ」

面白くない顔をしてため息をつきながら硅太郎は答えた。サインどころか、そういえば小栗教授からまだチケットも貰っていない。

「で、何の用事？」

「別に何だってかまわないだろ？　絵を見せてもらう約束をしたんだ」

興味深そうな大平は身を乗り出した。

「マジで？」

「うん。それだけ。ぜんぜん親しいってほどじゃない」

硅太郎が素っ気なく答えると、「そうかなあ……」と顔を歪めつつ、大平は心配そうな目を硅太郎に向けてきた。

「でもさ、瀬名と付き合うのは気をつけたほうがいいかも。瀬名ってちょっと噂あるからさ」

「どんな？」

硅太郎が訊くと、大平は軽く周りを見回して声を潜めた。

「……大湊教授が囲ってるっていう噂。顔見知りになるくらいはいいけどさ。個人的にあんまり近づきすぎるのやめたほうがいいんじゃないか？　お前が油絵ならコネを作る絶好の機会だと思うけど……」

「ずいぶん下世話だな」

この界隈《かいわい》にありがちな推測だ。今朝方そんな想像をした自分を棚に上げるのは卑怯《ひきょう》だが、本気で思ったことじゃない。

「まあ冗談だけどさ、瀬名って顔立ちがキレイじゃん？　あながち嘘っぽくもないっていうか」

冗談だと言った端からそんなことを大平は言う。確かに「美青年」のモデルには持って来いの容姿だ。ぱっと見た感じ体付きは貧相だが目がぱっちりと大きく鼻筋が美しい。国籍不明のミステリアスさも瀬名の魅力を増していた。もうちょっと身ぎれいにしていれば、雑誌のモデルでも通りそうだ。

硅太郎はコメントを待っている大平に返事はせず、机の上にのせておいた鞄を手に持った。

「別に絵を見せてもらうだけだから。コネとかぜんぜんそういうんじゃないし」

「なんかお前信じられない、硅太郎」

「何が？」

少しうるさく思いながら問い返すと、大平はすねたような顔で硅太郎を見ていた。

「口で綺麗なこと言うけど、ちゃっかりやることやるタイプ。みんなと一緒にいるって言いながら、俺を置いてくつもりなんだろ？」

ああ、コイツも行き先がわからないのか。

「俺にどこに行けっていうんだよ」

口を尖らせる大平に、硅太郎はため息をつきながら手を振った。

「一緒にいるかどうかは別にして、俺は嘘はつかないよ」

共に迷子になるのなら、自分だって相手くらいは選ぼうと思っていた。

――夕方までいる。

そう言った銀示の言葉を信じて硅太郎はアトリエへ向かった。

外は雨だった。細い糸のような雨が灰色の世界に細い斜線を引いている。午後からずっとこの調子だ。大雨になる様子はないようだった。

銀示は携帯電話は持っていないと言った。不便じゃないのかと訊いたら「かける人がいない」と答えた。「かかってくるかもしれないだろう?」と硅太郎は問い返した。ほやほやと浮き世離れして頼りなく見えても、すでに受賞歴のある芸術家様だ。新たな受賞の連絡や制作依頼が来るかもしれないのにと思ったが、彼は気にしないというか、あまりわかっていないようだった。

銀示は一人暮らしなんだろうか。生徒の絵画作品がかかった廊下を歩きながら硅太郎はふと思った。少なくとも身なりにうるさく言う母親がいるようには見えない。見るからに「不潔」というのではないのだがTシャツの襟が伸びているし、靴はあの通りだ。ジーンズの裾も短く、くるぶしが出ている。おしゃれで短くしていると言うには中途半端な長さだ。榛色のくるくるの癖毛は鳥の巣の一歩手前で、かわいらしいが伸びすぎだ。

飯、どうしてるのかな。

何となくそんなことを思った。絵を買うために辛抱をして仲間の呑《の》み会とはずっと疎遠だが、硅太郎は基本的に誰かと食事をするのが好きだ。大学に入ってから始めたとは思えないくらい、我ながら手料理も上手いつもりだった。

芸術家様はお金持ちだろうが小食で、神経が細かいというところか――いや、繊細な人間があんな格好をするか……？

知り合ったばかりなのに自分の中でちぐはぐになってゆく銀示という男のことを考えながら歩いていると、廊下の向こうの方の床に何かが飛び出しているのが見えた。……紙のようだ。まっすぐ歩いて近づくと、やはり開いた部屋の戸口から流れ出しているのはコピー用紙のような紙だった。そして開いているのは大湊教授のアトリエだ。

「……」

中を覗くと、先日と同じ位置で銀示が絵を描いていた。ほっそりしたスツールに腰かけて、細い脚を片方椅子の上に立て、絵に問いかけるように軽く身体を傾げて右手を伸ばしている。

それはいいのだが、ほんの一昨日見た状態よりも、さらに室内は散らかっていた。一昨日にはなかったはずのカップラーメンの空きカップが転がり、破れたデパートの紙袋がある。台座と球が分解された地球儀も、このあいだはなかったはずだ。窓のところに立てかけられている折れた柱はどうやって持ってきたのだろう。

「銀示」

部屋の外から声をかけたが、銀示は絵を描くのに夢中だ。

邪魔をせずにこのまま帰ろうか。だとしてもせめて廊下まで散らばった紙くらいは拾った方がいいだろうと、硅太郎が腰を折って床の紙を拾っていると、どこからかすきま風が吹いてきて、部屋の中から紙がひらりと飛んでくる。

クーラーが入っているのになぜ戸を閉めないんだろう。そんなことを考えながら部屋の中に紙を戻したとき、絵を見に来るかと訊いたときの銀示の様子を思い出した。

「……」

銀示は少々の物音を立てても気づかなそうな集中で、キャンバスに手を伸ばしていた。硅太郎は静かに室内に入った。部屋の隅に、昨日はなかった椅子がある。カンバスを眺めるには絶好の位置だ。

歓迎のつもりが少しはあるのだろうかと勘ぐるのは都合がよすぎだろうか。

硅太郎は静かに戸を閉めた。自分に反応しない銀示の様子を見ながら、キャンバスがよく見える場所に置かれた椅子に腰を下ろす。

相変わらず、想像できない色を入れている。緑色の隣に白淡いピンクの隣に茶色。それがまったく自然に見える魔法のような彼の絵を眺めていて、硅太郎はあることに気がついた。

彼が描いているのは花のようだが、彼は花を描いていない。

銀示が描いているのは、光だ。

花びらが弾く光線。花びらの裏にできる陰、照り返しの照り返し。花そのものを描くのではなく花が弾《はじ》く光を描いている。だからこんなにやわらかいのに煌《きら》めいた絵になるのだと急に納得した。いきなり青を乗せるのだって、銀示には「花はピンク」という思い込みがないせいだ。ピンクの花にピンクを塗ろうとしない。花がどんな光を生み出すのかを描いているのだから、光線の中にある青を塗るのは正しい――それを普通の人間がやったら画面がめちゃくちゃになるだけなのだが――。

それに彼の絵を見ていると、先日まで探しても見つからなかった自分の絵ができない原因がわかってくる気がする。銀示の絵には輪郭がないどころか広さの限界すらなかった。自分は形を写し取ろう、現実と可能な限り同じ色を塗ろうと必死になっていたが、彼は光を見ることだけに専念しているようだった。輪郭は二の次だ。それでは自分が銀示のようにすれば描けるようになるかといえば多分無理だ。一番根っこの感覚が違う。構図を決めてそこに現実を収めてしまおうとする自分と違い、銀示は無限の広さから見たい場所だけ切り取ってくる。

見えているものが根本的に違うと言うか、《見る》能力というか。上手く構図をとるとか、画面構成とかいっさい念頭に置いていないように見えるくせに不思議とバランスがいい。どのパーツを見ても、この構図からどこにも動かせなかった。そのくせ遠近が正確で深いのは、もはや反則と思うべきだろう。

どうやらまったく別物の才覚らしい。根本から違うのだから技法を盗む意味もない。

こうなったら研究しようという気持ちを捨てて、観客に徹しようと思っていると、画面いっぱいに開いた花の中にほのかな色の塊が浮かんでいるのが見えた。

「地図か」

思わず呟いたら、銀示が不意にこちらを振り向いた。銀示が驚いた目で自分を凝視するから、何となく気まずくなって、硅太郎は椅子に座ったまま軽く手を上げた。

「……お邪魔してる。声をかけようと思ったんだが、集中してるみたいだったから」

一応約束はしていたし、本当は声もかけた。邪魔だと言われたら出ていこうと思っていたが、銀示の口から零れたのは意外な言葉だった。

「地図……？」

「あ……ああ、ごめん、独り言」

今も確かにそう見えているが、勘違いだったらものすごく失礼なことだ。失敗だったと思ったが、自分に独り言を零させるくらいには、花の周りに浮かび上がる込み入った地図のような模様は硅太郎の胸に深く染み込んできた。

「地図、わかるの？　硅太郎」

肩をひねって銀示はこちらを振り向いた。もしかしてアタリだったのだろうか。

「いや、地図、みたいな感じだなって、思ったんだけど」

銀示の顔色を窺《うかが》いながら半分問いかけのような返事をする。

「そう。これ、地図なんだ。でも誰にも言われたことがないのに」

「そうか」

驚いたように言われて、硅太郎はとりあえずほっとした。美術商に向いているという評価に少しは自信を持っていいかもしれない。それに勇気をもらって感想の続きを漏らす。

「銀示はどこに行きたいんだ？」

「どこ？」

「地図を描いているということは、どこかへ行きたいんだろ？」

問いかけると銀示は慌てて大きく頷いたが、はっと我に返ったように黙り込んだ。そのまま数秒考えて眉根《まゆね》を寄せる。

「……さあ」

困ったような返事が返ってきた。銀示は白い瞼《まぶた》を伏せて呟く。

「行きたい場所もわからないし、どこへ行けばいいのかもわからない。どこにも行ったことがないから道も思いつかないし」

「行きたいところでいいんじゃないか」

出会ったときからたびたび聞かされる銀示の迷子のような言葉に戸惑うが、きっと繊細なだけなのだろう。このダリアがある世界ならすごく上等だ。だが銀示はかぶりを振った。

「行きたいところがわからないんだ」

そういえば初めて会ったときからそう言っていたな、と思いながら何気なく銀示の肩越しに窓を見て、硅太郎はとっさの甘い答えを見出《みいだ》した。

「虹」

「え?」

窓を指さす硅太郎を見て、銀示は後ろを振り返る。

「行きたい場所がないなら、あの虹が届くところにしたらどうだろう」

短いが幅の広い虹だ。上の方は薄雲の中に入っているが、虹の向こうはどこまで遠く届いているだろうか。

「でも今から出ても間に合わない」

焦ったように椅子から身を乗り出して銀示が言う。

見ている間にも虹の色はどんどん薄くなりはじめていた。それに虹の根元に辿《たど》り着《つ》けないことを硅太郎は知っていた。小さい頃虹を追いかけたことがある。すぐ近くのように見えたから虹の根元をめざして走った。初めにめざしたあたりに辿り着いても虹との距離は変わらない。移動しているのだと思い込んで、ずっとずっと走って追いかけて、虹が消えたと同時に迷子になったことに気づいたという経験があった。

銀示はこの歳になってもそんなことも知らないのだろうか。不安に思いながら虹を見ていと、みるみるうちに、七色の虹は色の境も薄れてぼんやりと雲の色に溶けていった。

寂しそうにそれを見ている銀示に、何と声をかけていいものか硅太郎にはわからない。友人になら虹がきれいだったとかラッキーなことが起こるかも、と言ってそれで終わりだが、銀示の表情は深刻で不安そうすぎる。

《また見られるといいな》。それが妥当だろうか。考えていると銀示がぽつんと呟いた。

「……虹ってどうやったら生えるの？」

「生える？」

「さっき、地面から生えてた」

「なるほど」

硅太郎は軽く握った拳を口許に翳《かざ》して小さく笑った。正解か不正解かは別にして、なかなか面白い考えだ。

「それなら銀示は球根から生えるって言ってただろ？」

「あっ！」

思い出したように銀示は声を上げてから、あたふたと周りを見回して、また「ああ」と言って両手で頭を抱えた。「嗚呼《ああ》」と漢字を当てるのが似合いそうな、芸術家らしい嘆き方だ。

「家に置いてきた。どうしよう」

絶望的な物言いが面白くて笑いを堪えつつ、意外に思って銀示に訊ねた。

「あれ、ちゃんと水に入れたのか」

捨ててなかったんだなとちょっと感心した。キャンバス以外、この部屋からは彼の細やかな心遣いは見当たらない。自分の世話もろくにできていなさそうな銀示だ。

「水？」

案の定、問い返してくる声は怪訝そうだ。

「水栽培。やったことある？　こういう――」

両手のひらで水栽培の入れものの形を撫《な》でるように動かす。

「――入れものに水を入れて、球根の下の方をちょっとだけ浸けるやつ」

「わからない。カップのこと？」

銀示が返してくる仕草はコーヒーカップやマグカップのもののようだ。

「いやそうじゃなくて、ええと……」

絵でも描いて見せようかと思ったが、銀示が知っているようには何となく思えなかった。

「明日まで待ってくれ。容器を持ってくる」

球根を買った店で、プラスティック製のものが百五円だと言っていた。他人に物を買ってやるような余裕はないが、球根を与えた責任がある。

「あのさ」

銀示はそわそわと身を乗り出した。

「俺が球根を取りに帰ったら、硅太郎も入れものを取りに行ってくれる？」

「今から？」

「そう。急いで行くから」

ずいぶん自分勝手で気まぐれだな、と思ったがこれほど期待されては放ってはおけない。

さっそく立ち上がろうとする銀示の肩に硅太郎は触れた。

「待て。帰りに行こう。家に取りに帰るんじゃないんだ」

明日、家から持ってきたふりをしてさりげなく渡そうと思っていたが小細工をする時間はないようだ。これは保護者が必要だと硅太郎は思った。幼いというにも世間知らずそうで危なっかしい。

じゃあすぐに、と言った銀示を宥《なだ》め、絵の具を片付けさせアトリエをあとにした。

「大湊教授には挨拶していかなくていいの？」

「うん。あの人は、優しいんだ。明日おはようって言ったら大丈夫」

銀示のこういうところだけはちょっと硅太郎には理解できない。人の好意を素直に受け取るのはいいことだが、遠慮がないというか人の善意や我慢に胡座《あぐら》を掻くというか。

大湊教授に《制作中の銀示を連れ出した》と知れたらどうしよう。何となく背筋が寒くなるような考えがよぎったが目をつぶることにした。特別とはいえ銀示は学生だし私生活は自由なはずだ。別に急ぐ課題でもないようだし、大学生にもなって行動の善悪くらい、普通程度には判断できるだろう。

一緒に校門を出て、花屋でプラスティックの水栽培用ポットを買った。何色が咲くかわからないからガラスに似たブルーが無難だろう。

「初めは水をちょっと多めに。根っこが生え始めたら水を少し減らす」

「硅太郎は詳しいね。日本画は花の育て方も習うの？」

「いや無関係だよ」

他人に与えた手前、気になって昨日ネットで調べただけだ。

銀示は買ってやったポットを手に持って歩きながら、ニヤニヤしている。楽しそうだ。

世間話というにも奇妙な会話を交わしながら歩いた。銀示はとにかく奇妙だ。テレビの話はまったく通じないし、天気や電車などの普通の話を振っても、おかしな返事しか返ってこない。雲の上から天使が水を撒くとか、本気で言っているのだろうか。

相変わらず靴がかぱんかぱんとリズミカルに音を立てる。身長が十センチくらい銀示の方が低いのに、歩幅があまり変わらない。悔しい。

「――へえ。家にもアトリエがあるんだ？」

銀示の家に行くことになった。駅へ向かう途中から住宅街のほうへゆく。アパートではなく一軒家が多い区画だ。

「絵を描くところのこと？」

「そうだけど。銀示はそう言わないのか？」

どこで絵を習ったかは知らないが、銀示の絵はかなり自己流で専門用語もほとんど使わない。まさか本当に絵の才能だけを見込んで連れてきたわけではあるまい。

「教授の部屋はそう言うみたいだけど。……あ、うちは、あそこ」

返事をする前に、ぱっと明るい声で銀示が言った。アパートではなく塀のある一軒家だ。レンガの塀から手入れをされていない何かの蔓《つる》が、びよんびよんと飛び出している。

「一軒家だったのか。一人暮らし?」

結局聞きそこねたままだが、一軒家なら家族がいる確率が高い。

「うん。たまにお客さんが来るだけ」

「お客さん?」

そう言って家の方向を見たとき、門の前にスーツの男が立っているのに気づいた。四十代くらいだろうか。

誰だろう、と思っていると銀示が立ち止まった。

「……銀示?」

銀示は硬い表情をして、じっと男を見ている。男は、ぱっと見た感じ普通の会社員か何かのようだ。

知り合いだろうか。銀示と男を見比べた途端、銀示は自分の隣を離れて先に歩き出した。

「硅太郎、今日は駄目。バイバイ」

「えっ? おい待て、銀示」

とめる間もなく、銀示は男のところへ歩いてゆく。自分に来るなと言うことだろうか?

人を誘ってあんまりではないか。銀示は早足で男の方に歩いてゆく。振り返りもしなかった。

男のほうから「銀示くん」と声がかかる。男とはやはり知り合いらしい。

硅太郎は銀示のあとを数歩追いかけて立ち止まった。自分より優先する相手だ。自分は数日前からの知り合いだし、同級生だがあの男とはもっと親密なのかもしれない。

銀示が入ろうとした門を見て、あの家か、と硅太郎は思った。古い洋館で、いかにも洋画家が住んでいそうなレトロな建物だ。

眺めていると塀の中に入ろうとする銀示の腕を男が摑みとめた。買ってやった球根ポットに対して何かを言っているようだ。銀示はそれを曖昧に振り払う。

揉《も》めているのかと心配になったところに、男は白い封筒を取り出して銀示に与えようとした。手紙などではなく、金融機関で使う封筒のようだ。銀示はいらないと首を振っているようだった。男は銀示の薄い胸元に繰り返し封筒を押しつけている。

あんまり眺めていていい場面ではなさそうだ。硅太郎はなるべく彼らを見ないように、来た道を引き返し始めた。

銀示に金を渡す男。業者か、――パトロンとかいうやつだろうか。

「……」

よくないと思ったのに、我慢しきれず振り返ってしまった。門の前に二人の姿はなくなっていた。立ち止まったと同時に玄関が閉まる音がする。銀示は客人を迎えることにしたらしい。

本当に、留年するかどうかギリギリにまで課題の制作が追い詰められていても、このチケットを使う気になるかどうか。

絵画の世界に出せばもちろん、それよりこの図柄ならロンドンのモダンアンティークのポスターに依頼が殺到しそうだなと小栗教授の机の上に置かれたチケットを眺めて硅太郎は思った。ステンドグラスのような、あるいは絵心がある蜘蛛《くも》が織った巣のように、強弱のある黒い輪郭を、様々なピンクとオレンジで細やかに塗り分けている。モチーフは西洋の城のようだ。なぜこの小さな紙片にこんなものを描き込んだのかよくわからない。

このチケットを使うくらいなら、俺なら留年するかもしれない。そんなことを考える硅太郎の目の前で、小栗教授は黒いマジックの蓋をきゅぽん。と音を立てて抜いた。

「で、彼は何て？　瀬名銀示」

「ちょ……待ってください、先生何してるんですか！」

「ここに書く数字を2にするか3にするか、君の返事を待っているところだよ」

「瀬名には会えました。でも、レポートは出せないって、でも……あ！」

だからそのチケットにそんなもので数字を書き込むのはやめてください、と言う間もなく、小栗教授はロマンティックな紙片にきゅっと文字を書き込んだ。

「………3……？」

「へえ？　瀬名、口を利いたんだ？」

質問か独り言かわからない呟きだ。

「……はい。なんだか変わった喋り方でしたけど」

「で、《レポートは出せない》と言った。間違いない？」

「はい」

嘘ではないかと確かめられているような気がして、少し嫌な気持ちになりながら硅太郎は答えた。

「日本語、書けないから、って」

「OK。確かに彼の意思を確認したすばらしい証拠になる。おつかいは完璧《かんぺき》だ」

小栗教授は感心したように目を丸くしたあと、机の上のチケットを拾い上げ、硅太郎にひらりと差し出してきた。

「さあ、いつでも利用したまえ。どんな小さな課題でもかまわないよ？」

「……使いませんよ、勿体《もったい》ない」

硅太郎は画面に触れないよう両手で恭《うやうや》しく受け取った。これを使うくらいなら三日くらいならためらわずに徹夜をする。

硅太郎は眉を顰《ひそ》めて小栗教授を見た。

「銀示、アイツ、外国育ちですか？」

「《銀示》？」

硅太郎が訊くと、小栗教授が怪訝な顔で見つめ返してくる。

「あ……、ええと、話したときそう呼んでいいって言われました」

「ふうん？」

小栗教授の視線は、興味深そうだ。

彼はよく手入れの行き届いた短い顎鬚《あごひげ》を撫でながら深く椅子に寄りかかった。

「生徒の個人情報だから、あんまりいろいろ喋れないんだけど、まあちょっと一般的な他の生徒とは違う生活だったかな」

大元でざっくりとはしょられると《どんなふうに？》と訊きづらくなる。海外転勤組や帰国子女でも不自然ではない銀示の見た目だ。だいたいそういうことだと思って間違いないだろう。

小栗教授は痩せた腹の上に両手を組みながら、軽く窓辺の方に目をやった。

「瀬名ね、ちょっと生活下手だから普通の学生と同じことやらせようと思っても難しいわけ。例えば担当教授のところにレポートを出すとか」

今回のことを例に挙げて小栗教授は説明するらしい。

「まあ、出さないことは予想してるんだけど、僕だって仕事だから放置もできない。最大限の努力はするべきだと思うんだよ、こんな僕でも」

「小栗先生は面倒見がいいと思います」

ときどきこんな風に気まぐれで、創作に入ると講義中にぼんやりして教室を出ていってしまうこともあるが、少なくともこの学校の教授陣の中では、そこそこに他人を思いやってくれる人だと思う。

「浅見は上手いね。商売の方が向いてるんじゃないか？　で、一応僕も瀬名に直接声はかけてみたんだけど無視。あんまりつつくと大湊教授がうるさいわけで、僕もあの人ちょっと、苦手なんだよね」

「はあ……」

大湊教授はこの学校の重鎮だ。その愛弟子《まなでし》を苛《いじ》めて自分の株を下げるのは悪手と言うつもりだろうか。

「だから、これまで何度か学生のおつかいを出してみたけど、全員無視されて口も利いてもらえない。君が無視されたら《僕には無理です》って大湊教授に言ってみるつもりでいたんだけど、それもこれで駄目になっちゃったなあ」

小栗教授はため息で肩を落としている。

「《すみません》って言ったほうがいいですか……？」

「まさか。引き続き苦痛ではあるが首は繋がったと言うところかな？」

そんな恐い任務を任されていたということか。そう考えればこのチケットが与えられるのもわかるような気がする、というか、もしかしてこの絵はずいぶん前に描かれたものなのかもしれない。硅太郎にこの役目を言いつけられてからたった三日で描き上げられたというにはチケットの図案は凝りすぎていた。

「瀬名、他には何て？」

逆に探るように言われて、硅太郎は思わず口を噤《つぐ》んだ。天気の天使だとか、虹の根元が見たいとか、一言一言見当違いの幼い言葉ばかりを聞いた。

「――どこへ行ったらいいかわからない、って」

小栗教授は、ふー、と声を立ててため息をついた。

「行き先だけなら、この学校の生徒の誰よりもあるんだけどなあ」

ヤスリのようにざらっと心を擦《こす》ってゆく言葉だ。擦り傷の血のように硅太郎が隠していた鬱憤《うっぷん》を言葉にして滲《にじ》ませた。

「アイツ、大湊教授に絵の具貰ってるって……本当ですか」

こんなことを訊いてどうするのだろうと硅太郎は思ったが、胸にどよもす嫌な感じを抱えきれない。そんな馬鹿なと笑ってほしかった。実力による贔屓はあるが、そんな個人的な援助のようなことをするはずがない。

だが硅太郎の祈りはすぐに踏みつぶされた。気怠い表情で小栗教授は言う。

「あー……。そういうこともあるかもね。でも他言はしないほうがいい、君のためにも」

はっと顔を上げた硅太郎を見てまずいと思ったのか、小栗教授はどこかに出かけるように机の上の本を揃え始めた。小栗教授の用はこれで終わりのようだ。さっきの話題に食い下がろうにも、何を訊いても嫌な返事しか返って来そうにないのがわかった。だからといって明るい世間話も思いつかない。

硅太郎は、曖昧に礼をして椅子から立ち上がった。小栗教授は机の上の本を足元の鞄に詰めながら硅太郎に言った。

「一週間に一回くらいここに来てよ。瀬名と話せる人材は大変貴重だ」

「はあ……」

銀示とはあのとき別れたきりだ。携帯電話もメールも使えないと言っていたから連絡しようがない。尋ねるのも気まずいし、今後、会うかどうかもはっきりわからない。

「大湊教授には内緒でね」

そんな小栗教授のウインクを見たとき、タダより高いものはないという言葉が硅太郎の脳裏を巡った。

† † †

よくできているとは思う。

「《いちまんえんさつ》」

そういう名前だと言って清水から渡された印刷物を銀示は夕暮れの窓にかざした。花の縁飾り、右側に男の絵が描いてある。よく描き込まれた図案だった。人物は主に点線で描かれている。アラベスクにしてもこんな細さの線が引ける道具があるのだと、この紙を見るたび感心する。

ホクロがここまで陰影をつけて描き込まれているのだから、きっとデッサンはよくできているのだろう。何となく清水に似ているような気がする。清水の方がもうちょっと若く、髪が多い。紙を傾けてみると、あちこちに10000という数字が隠されている。キラキラひかる部分は印刷技術だとして、地に折り込まれているこの部分はどうやって描いたのだろう。それに裏側に描かれている鳥が、どうにも空を飛べそうにないのが気になる。

空《から》のプラスティックのポットの横に一万円札をおいた。

硅太郎が今日、絵を見てくれると言ったのにできなくなってしまった。清水が来たせいだ。最近清水は自分の絵を欲しがる。自分の絵がこの紙に換えられるのだそうだ。

——うちは娘が二人いてね。家庭教師とか習い事とかいろいろ大変なんだよ。

そうだからと言ってなぜ清水が自分の絵を持って帰るのかわからないが、どこかに飾ってくれているならそれでいいと思っていた。

——お金が必要なんだ。

部屋を出て初めて知ったことだった。一万円札はおろか、丸い金属の金も見たことがなかった。これがないと生きていけないと弁護士に教えてもらったが、今まで自分たちには必要がなかった。そう訴えると弁護士は《生きるためにとても重要なことを、君のおとうさんは君たちが自分でできないよう、君たちから隠していたんだと思う》と言った。そんなことをして何になるのかと銀示は弁護士に訴えたが、弁護士は《いずれわかるよ》と言ってあまり話そうとしなかった。

確かに食べものを買うお金は必要だと思う。母が生きている頃は料理を作ってくれていたが、芋や肉がどうやって作れるのかわからない。たとえそれらが手に入ったとしても、母がどうやってそれを食事に変えていたかなど覚えていない。

「これ、どうすればいいのかな。ママ、知ってる?」

球根とポットと一万円札。それらと肖像画を銀示は眺め比べた。

——水に浸けたのか?

そう言われて試そうとしたが、もらったポットの中に入れようにも入り口でつかえて入らない。押し込んだら球根が割れそうだし、ポットの裏側にも蓋のようなものはない。ポットの大きさを間違えたのだろうと、銀示はがっかりした。

「虹にもお金がいるのかな」

だから消えてしまったのだろうか。

この球根から芽を生やし、虹の向こうに渡るには一万円札がたくさんいるのだろうか。


駅を出て、開店準備をしている商店街を通り過ぎ、硅太郎は大きな通りに出た。道路の向こうに見える木に囲まれた大きな建物が学校だ。文化祭の準備のためか長い筒の紙入れや、ポップ用の発泡スチロール板を持っている学生が前を歩いている。

結局、硅太郎が描いていた絵はあのまま提出した。「とても丁寧な出来だ」と教授は硅太郎の絵を評価してすぐに受け付けてくれたけれど、それ以上の感想はなかった。美術作品にはほど遠い「課題にたる程度」の絵だ。締め切りまで十日ほども残っている。努力だけは一人前のつもりだから、だいたいいつも提出日には余裕があった。だから小栗教授からもらったチケットを使う予定は今のところない。

使わないに越したことはないのだ。自分の真面目さを有り難がった方がきっといい。物理的には課題の提出期間が三日延びるだけのチケットだが、美術的価値に置き換えたら大変なものだ。そんなものを銀示とちょっと会話を交わしただけでぺろっと貰っていいものだろうか。

ふと、あの茶碗を持ってきた男のことを思い出した。

思い出を金にしたい男。紙切れ同然に学生に美術作品を与える男。それをチケットととらえるべきか美術品としてとらえるべきか決めかねている自分。まったく世はままならないことだらけだ。

金と言えば、質屋で取り置きの絵を買うための金もなかなか貯まらない。硅太郎は美術商のまねごとをして金を得ているが、自分が努力して価値のある何かを生産することができない。実際小手先が器用な画学生が描いた絵など、フリーマーケットで売っても、パネル代が戻ってくるのがせいぜいだ。

ネットや古美術商を訪ねて常に網を張り、書物や論文で知識を溜《た》めて利幅を広げ、取引の数を増やす。美術商など結局他人が描いた作品を横流ししているだけだと言われるが、美術商は技術職だと思っている。知識と経験を頼りに、紛い物のリスクも負う。経験はただひたすら多くの一流品に触れてゆくしかないのだから投資もある。小さな頃から絵に興味があった硅太郎を、母親はあちこちの美術館に連れていってくれ、名画と呼ばれるものをたくさん見せてくれた。硅太郎の鑑定眼は多くの一流美術品に磨《みが》かれたものだ。絵以外のものだって、小さな頃から――。

「……」

硅太郎は尻ポケットから携帯電話を取り出した。また着信ランプが点滅している。見なくても誰からかはわかっていた。

メールに返信するか電話をかけるまで止まらないのだろうか。

実家の母からだ。連絡をすれば大喧嘩になるか泣かれるか、しつこく説教されるかのどれかだ。

彼らの言い分は簡単だった。《才能のない絵などやめて帰ってこい。今からでも経済系の大学に行け》《絵を描くのは自由だけど、そんなの趣味でいいでしょう?》

大学の進学時にさんざん揉めたことだが、今さら両親はしつこかった。硅太郎は実家に帰る気もないし、学校を変えるつもりもない。大喧嘩になったって一途にそう言い通せばいいはずなのだが、今の自分は昔ほど強くなくなってしまった。

才能と未来。作家としての成功。よすがであるはずのそれらが指の隙間《すきま》から零れ落ちてしまった今を実感している。このまま学校を卒業しても具体的な展望は何一つない。

将来のことを賢く考えるなら、会社運営の知識を得られる学校に移り、実家に戻って、父の会社に入る準備をする。いくら父が社長だからといって、昨日まで絵ばかりを描いていた自分を事業の現場に放り込むことはできないだろう。戻るなら一刻も早くという母の言葉もわかる。でも美しいものと携わって生きることをまだ諦められない。才能がないのはもうわかっている。銀示のような絵は描けない。一線ははっきりと画《かく》されてしまった。

目はいいと思っていた。絵が――美しいものが好きだ。たとえ自分が生み出さないまでも、せめて自分の目で美を認め、それらが正当に評価されるよう、自分で掘り出せるようになりたい。しかし夢ならいくらでも描けるが、現実は残酷だ。

「……」

ふと、顔を上げたときやわらかい大理石で彫ったような姿が、花屋の前の横断歩道の側に見えた。銀示だ。

「銀示」

手を振って側まで歩いてゆくと、銀示はくたびれた顔をして、「やっと来た」と言った。

「俺を待ってたのか？　約束とかしたっけ？」

まさかさっきの携帯のメールに銀示が混じっていたのかと思ったが、銀示にメールアドレスは教えていないし、会う約束らしい話題になった覚えもない。

「してない。でも来ると思ったから」

「来なかったらどうするんだよ」

口調が言い聞かせるようになってしまうのは、先日から銀示の幼さを見てしまったからか。

実際今日は学校を休もうかと思っていたところだ。課題を提出したあとでひと息ついたところだから、実家との揉め事も解決するなら今がいいかもしれないと思っていた。両親を説得する方法を考えていたが上手く思いつけず、そして何より自分の気持ちを決めかねてたまたま早めに出てきたが、今日は三コマ目からしか入っていないし、新作のアイディアを練るために美術館や図書館へ行く予定だって立てるかもしれなかった。

「学校を辞めてないなら、来るかな、と思って」

「あのなあ、明日まででも待ってるつもりかよ」

「そう」

「え？」

叱るつもりで言った言葉を肯定されて、硅太郎は思わず銀示を凝視した。しゅんとした表情だった。透けそうな色の前髪の下に、伏せた榛色の睫毛がある。

「俺が帰らなくても、家、誰もいないし」

「ああ。一人暮らしって言ってたな」

だからいつまで待ちぼうけを食らっても差し支えがないと言うのだろうか。親も親だ。いくら勉強させたいからといって、こんな銀示をよく一人で住まわせたものだ。

硅太郎は信号を切り替えるための赤いボタンを押した。

「銀示の出身地はどこだ？　生まれたところ。海外？」

「……わかんない」

「そ……、そうか。今親はどこに住んでるの？」

ざっくりと自己紹介を受けたいだけで、生まれた病院の名前とか細かいことを訊いているんじゃないんだが、と思ったが、銀示が本当に心細そうな顔をするから嫌な予感がして、当たり障りのない世間話を振ることにした。

「死んだみたい」

ぽつん、と返された言葉に、硅太郎は自分の失敗を悟った。

「悪い。お悔やみを言うよ」

「おくやみってなに？」

「あ……ああ、ご両親が亡くなったのを、悲しく思ったり残念に思ったりすること」

やはり銀示は日ごろ使わないような難しい日本語をあまり知らないようだ。

銀示は苦笑いで目を伏せた。

「そう言ってくれるのは、硅太郎だけだ」

そんな一瞬意味のわからないことを言い残して銀示は、横断歩道に向かって踏み出した。信号が青に変わっている。なんだか聞いてはいけないようなことを聞いたような気がすると思いながら硅太郎は、相変わらずぱかぱか音をさせる銀示の隣に並んだ。地雷を三連発くらいかもしれない。さりげなく話題を逸らすようなことを硅太郎は口にした。

「俺も一人暮らしなんだ。アパートだけど」

「硅太郎もパパとママがいないの？」

「いや、そうじゃない。実家は湘南だけど、湘南からは遠いから、ここから駅二つ向こうに部屋を借りたんだ」

　硅太郎は思い切って切り出してみることにした。

「よかったら、今度飯でも食わないか？」

「めし？」

「銀示はどんなものが好き？　焼き肉とかお好み焼きとか」

「……ブッフ・ブルギニョンのときの、マッシュポテト」

「ブ……？　ブフギ？」

　ろくに復唱もできず銀示を見ると、銀示は残念そうな顔をした。

「肉とキノコのソースが玉ねぎごはんにかかってる」

「お……おしゃれな食べものだな」

　こんな風にぼんやりと頼りないからついうっかり忘れそうだが、コイツはお金持ちの芸術家様だ。しかしそんなものばかりを毎日食べているわけではないだろう。そもそも伸びたTシャツと丈の合わないジーンズ、レトロなアニメキャラクターのような大きすぎる靴ではドレスコードが裸足《はだし》で逃げ出す。

「ん。ママが作ったのがおいしかった」

　懐かしそうに言う。どうやらこれも地雷だったらしい。

「そういうの無理だけど、カレーとか、肉じゃがとか、そういうのでよければ今度食べに来るか？　そっちが広いなら作りに行ってもいいけど」

「……ほんと？」

驚いてこちらを見る銀示の瞳の美しさに、思わず見とれそうになったが、黙り込む前に硅太郎は続きを喋った。

「カレーとか肉じゃがなら、作り置きして冷蔵庫に入れとけば二、三日は食べられる。野菜スープも必要なら」

「うん」

キラキラした目でこちらを見るのに、硅太郎はやる気を出しかけ、ふと思いついた。

「普段、飯、どうしてるの？」

「コンビニ」

「ずっとそうか」

想像とのギャップに驚きながら訊くと、銀示はうん、と頷いた。

「店は日本語が読めないから。面倒くさい」

「ああ……」

何で誰も皆こんな銀示を放っておくのだ、と、怒りが込みあげ、硅太郎は額を押さえてため息をついた。

メニューが読めないのだ。メニューに写真が載っている店なら指させばいいかもしれないが、文字のみのメニューだったら根気よく料理の内容を訊ねるような銀示ではないことは会ったばかりの硅太郎にもわかる。

「飯、作りに行っていいか。それとも来る？　うちは狭いけど」

「どっちでもいい。行ってもいいの？」

「本当に狭いしオイルくさいけど、あんまり気にならないだろう？」

テレピンのにおいが駄目で飯が食えないとか柔《やわ》なことを言う人間は多分あの学校にはいないはずだ。

「しかしうちで作ると持って帰るのが大変か」

勝手はいいが、銀示が両手に総菜が入った袋を下げて帰るというのもまた想像できない。ここは銀示の家で調理するのが妥当だろうか。銀示が嬉しそうに自分を見る。

「じゃあ、うちで。今日？」

「今日は学校が終わったあとちょっと用事が……」

と言いかけて硅太郎は考えた。例の瑠璃やで今日、絵画の質流れ品が出るそうだから見せてもらう約束をしている。ものによっては多少話し込むかもしれないが、それが終わったあとでもカレーくらいなら作れるだろう。それともいや……。

「銀示は骨董品とか、興味があるか？」

「コットーヒン？」

そのアクセントでは知らないようだ。

「日本のアンティーク。放課後、絵を見に行く予定なんだ。よかったら一緒に見に行ってから帰りに買い物をして、帰って飯を作るってのでどうだろう」

「俺も行っていいの？」

「まあ一応客だからな」

硅太郎には金がないからなかなか品物は買えないが、ちゃんと金利を払って品物を預けているし、硅太郎の仲介で、高値で質流れ品を買い取った客もいる。店頭には和洋問わずけっこう品物が展示してあるし、銀示だって気に入った品物があれば小物の一つも買うかもしれない。

「銀示のほうは大丈夫か？　また……お客さんとか」

少し言葉をやわらかくしたつもりだったが、硅太郎自身にもちょっと嫌みのような言葉に聞こえた。気にしないことに決めたのに、自分を家に招いておいて、突然の来客を優先し、自分を道に置き去りにしたことに引っかかっている。来客を忘れていたのならひどい話だし、割り込んできた向こうを優先したならなお気分が悪い話だ。来客がいつも突然なら今日も来るかもしれない。銀示の常識のなさを恨んだってしかたがないし、ちょっと見ただけでも彼らは険悪そうだった。友人が来る以上に重要なことだと察せられたから、これ以上文句を言うつもりはなかったが硅太郎に対して失礼には違いなかった。

銀示は相変わらず、先日のことについて謝ろうとする様子も見せずに答えた。

「今日はこないと思う。完成品も、まだないし」

それが良いことか悪いことか、表情からでは判断できないような横顔で銀示は言う。

「アンティーク、見に行きたい。硅太郎のごはんも食べたい」

「わかった。じゃあ、決まりだ」

「ねえ今から行く?」

気遣いや常識は足りないが、基本的に銀示は素直だ。そしてせっかちだった。

「学校が終わってからな。アトリエにいるなら迎えにいく」

「うん」

嬉しそうに頷く銀示は、手入れの行き届いていないお姫様のように、伸びすぎた巻き毛を風に揺らして歩きながら頷いた。いつか彼を描いてみたい。そんなことを考えながら硅太郎は了承の返事をし、校門の内側で銀示とわかれた。


瑠璃やの店主は丸い眼鏡を押し上げて、キセルの煙をぷかりと浮かべ、感心したような声を出した。

「へえ。ガイジンさん」

「いえ、両親のどちらかが多分日本人ですが、ちょっと俺も詳しくは聞いてなくて……」

瀬名という名字だから多分、父親が日本人なのではないだろうかと思うが推測の域を出ない。壁際の絵を見ている銀示にちらりと視線をやった。

「本人は油絵を学んでいて、すでにいくつも賞を取りました。骨董にも興味があると思ったので連れてくることにしたんですが……」

時刻は午後八時だ。学校が終わったあと、アトリエに迎えに行ったら、銀示が集中しきってキャンバスに向かっていた。人間の集中はだいたい長い人間でも四十分程度だという。硅太郎は待つことにしたが、それもなかなか終わらない。普段はたぶん、陽が落ちたあとは筆を入れないのだろうが今日はよほど乗っていたのだろう。七時前まで描いてぼんやりしている銀示の代わりに片付けをしてから駅に向かったら、瑠璃やに到着したのは七時半。挨拶もそこそこに、多種多様の質流れ品が展示されている店内を口を開けっ放しで見て回ってすでに三十分だ。

平常の閉店の時刻は六時だ。それを馴染《なじ》みのよしみで待ってもらった。

店主は迷惑そうな顔もせずに、面白いものでも眺めるように銀示を見ている。

「まあ、絵を描くお人ってのはそんなもんでしょうよ。ここにあるのは主人を失ったり見離されたり引き裂かれたり、憐れなお品ばっかりですから、あんなに熱心に見てもらったら浮かばれるでしょう」

「すみません」

せめて買う様子があればいいのだが、銀示はひたすら《鑑賞》している。今日の質流れ品は掛け軸と水彩だ。銀示が欲しがるとも思えない。硅太郎のお目当てはハズレだ。とある作家の掛け軸が質流れとなり、見るかぎり本物なのだが、量産された人気のない構図だった。質流れを買い取り客に転売しても、買い取った値段以上の値はつけにくい。それでも遅刻して迷惑をかけたのだから買い取ると硅太郎は申し出たのだが、《親のすね齧《かじ》ってる学生さんが。およしよ》と言って譲ってもらえなかった。

「久しぶりの大放出だよ。景気の悪い話だねえ」

質流れ品は、品物を買い戻せず、借り主が品物を保管しておく金利も払えなくなると発生する。品物に飽きて見切ったのか、断腸の思いかはわからないが、借金と引き換えに所有物を手放すということだ。質屋も質屋で、質流れで得をするかと言えばそうでもなく、質流れ品を店舗の品物として売れるのを待つ間、在庫として金利も何も入らないというリスクを負う。今回質流れを出した債権者は、洋画を中心にかなりな点数の絵を手放すことにしたようだ。

店主は数年前、何か大きな買い物をしたと言って、あまりに巨額な品物を預かれないということだった。自分が一点でも買い上げて、店主がいくらかでも潤《うるお》えばいいと思ったのだが、今回は役には立てないようだ。

硅太郎は古い柱時計に目をやった。主人は夕食は終えたと言ったがこれ以上眺めるなら日を改めたほうがいいだろう。

「銀示。そろそろ」

声をかけると、少しぽかんとした表情で銀示はこちらを見た。急に我に返った様子だが、我に返ってくれただけで上等だ。

「時間が遅い、帰ろうか」

そう言ったあと、店主が銀示に問いかけた。

「どれがお気に入りだい？　ガイジンさん」

問われて銀示は、店主を見たあとまた品物の方を見て指をさす。

「あれと、あれ。その次はあれ。……それとこっち、それでこれも」

銀示が次々に指さす絵画を目で追って、硅太郎は唖然《あぜん》とした。

この店に来てからそんな話をしただろうか。

「こりゃまた驚くねえ。あんたの学校の学生はみんな目利きかい？」

呆れた顔で店主が言った。

銀示が指さした品はすべて掘り出し物だ。しかも順番は値段の順ではなく、価値のある順番だった。つまり古物商が欲しがる順番だ。

「くれるの？」

「そうじゃない、銀示」

率直に問い返す銀示を慌てて止めた。一応店主には、銀示が日本の暮らしに慣れておらず難しい日本語がわからなかったり、考え方が少し変わっていることを伝えたが、店主に銀示の相手をさせては失礼だ。

「すみません。高橋さん」

「いやいや。……ところでガイジンさん。アンタ、どこでお育ちだい？」

おかしなことを店主は訊いた。銀示は首を傾げている。銀示には多分『どこで生まれた』という感覚がない。日本と国外の区別もついていないようだ。居たたまれずに硅太郎が割って入った。

「あの、高橋さん、コイツあんまり自分のこと、まだうまく話せないんです」

硅太郎も同じ質問をしたが駄目だった。それなら人となりを訊こうとすると、今度はそこいらじゅう地雷原だ。どう転んでも気まずくなる。

「ああいや、根掘り葉掘り訊くつもりはないんだよ。ただね」

と言って店主はふっと竹製の灰吹きに灰を吹きこぼした。

「よっぽどいいものを見て育ったんだろうね、と思っただけで」

「……」

過去に店主は、浅見家の倉にある骨董品に磨かれた硅太郎の鑑定眼を褒めたが、ここまで手放しではなかった。

「そうですか、ありがとうございます。そろそろおいとましよう、銀示」

「うん」

「ありがとうございました、高橋さん」

硅太郎が頭を下げると、銀示が隣に歩いてきた。

「はいはい、またおいでなさい」

高橋は自分たちを見送ったあと戸締まりを始めた。店の中から男の子が出てきて、質の幕を畳むのを手伝っている。

外はすっかり夜道になっていて、秋の月が頭上に半円を浮かび上がらせている。夜のアスファルトの上に、銀示の靴がぱかぱか鳴る。

「……それ。そういうのが好きなのか？」

銀示の靴を指さして硅太郎が訊くと、銀示は不思議な顔をした。

「ん？　まあ水色の線が気に入ってる。これが欲しいの？　硅太郎」

「いや。大きさが合ってないいんじゃないかと思って」

かなりボロな靴だ。硅太郎はかなり控えめな言葉を選んだが、薄汚れた紐靴だ。つま先が擦り切れて白く、かかともほころびている。サイズが大きすぎるのは一目瞭然だ。歩くたびちょっと踵が見えるくらい靴底と足の裏は離れて、かぱんかぱんと音がする。硅太郎の靴と比べてもかなり大きい。

「さっきの美術館」

「あれは質屋だよ」

「そう。シチヤ美術館。入場料はいらないの？」

勘違いもここまでくると清々《すがすが》しいなと思うが、硅太郎が知る限りでもあんな純然たる昔ながらの営業形態の質屋は珍しい。最近は、銀示でなくとも瑠璃やのような質屋を見たことがない人間が多いのではないかと思う。

「入場料は必要じゃない。っていうかあそこは美術館じゃないんだ」

「あんなに絵があるのに？」

「そう。質屋って言ってお金を貸してくれるお店だよ」

「お金を!?」

「えっ？」

びっくりしたように銀示が自分を見るから、硅太郎もびっくりしてしまった。確かに予備知識がなければあそこで金が借りられるなんて想像がつかない。

興味があるような銀示に、もう少しよく説明してやることにした。

「あそこは質屋っていう商売をしている店で、店の名前は瑠璃やっていう。質屋がどういうところかっていうと、もしも銀示に金がなくて、お金を借りたいとするだろ？」

「うん」

「何か宝物を持っていくと、その宝物のお値段分、金を貸してくれる」

「売るってこと？」

「初めから買い取る店もあるけど、あそこは基本的には違うな。例えば一万円の品物を持っていくと、九千円金を貸してくれる。千円は《預かり賃》」

「いちまんえん……」

「なんでそんな生々しい金の名称にこだわるんだ？」

「大事だって言われたから」

「それは……そうだが……」

銀示の関心をまったく引きそうにないものだと思っていたが、夢を見すぎたのか。銀示だって人間だ。生きてゆくには金は必要だった。それにしたって意外すぎるとちょっと気になったが、硅太郎は説明を続ける。

「約束した日までに一万円を持っていくと品物を返してくれる」

「九千円しか借りてないのに？」

「そういうのを利息って言うんだ。でも金さえ戻せばちゃんと品物を返してくれる。長く借りっぱなしにするときは、追加でお金を払わなきゃならない。品物を大事に預かってくれる代金だって言えばわかるか？」

訊くと銀示は妙に神妙な顔をした。

「ああ……うん、俺が見えないところで、いろいろお金がかかるって……。そういうこと?」

「あ……、ああたぶん」

どういうことかはわからないが《預かる》という見えない品物に対してかかる金だ。だいたいそんな感じだろう。

「銀示には、急に金が必要になることなんて今のところないだろうけど、そういう店もあるってことを覚えておくといい」

銀示に硅太郎のような美術商まがいのことができると思わないし、あそこにあるような、どこかの家から出たお宝の質流れ品を買うようにも思えない。銀示の絵は自分の絵よりも随分高く値が付くだろうが、新鋭画家なら質屋に行くよりまず画廊だ。

「買い物。硅太郎」

「?」

何を買うのだろう、とふと思って、そういえばこのあと買い物に行って料理を作ると約束していたのを思い出した。

「今から買い物に行って、お前の部屋に帰って飯を作ってたら十一時になる。今日はコンビニか弁当屋で我慢だ。付き合うから」

「じゃあ、いつ?」

寂しいのだろうかと思うような声音で訊いてくる。

「明日」

そう答えざるを得ない必死な表情だ。

「わかった。明日、待ってる」

「じゃあ、昼に間に合うように」

ちょうど明日は土曜日だ。朝買い物に行って銀示の家に行く。一時間もあればなんとかなるだろう。

「うん」

銀示は頷いて手を振り、硅太郎を追い越して早足で歩き出した。

「おい。弁当」

「もういらない。早く明日がくるのがいい」

そう言って離れた場所からバイバイと手を振る。

気まぐれというか子どもみたいだというか。

追いかけようと数歩踏み出したところで、硅太郎は歩を緩めた。

秋のひんやりした風が頬を撫でてゆく。

明日、少し銀示のことを訊こうと思った。楽しい話ばかりではないのは確実だが、あんな銀示を、理解者もなく放っておけない。

ジャガイモと牛肉と玉ねぎとニンジン。とりあえずこれでカレーでも肉じゃがでも大丈夫だ。あの銀示の家にまともな調味料があるかどうかは怪しいから、とりあえず箱入りのカレールーとめんつゆを持った。コーヒーシュガーくらいはあるだろう。これでどっちを希望されてもなんとかなる。

糸こんにゃくを買おうかどうしようか悩んだが、カレーを希望されたとき糸こんにゃく入りというわけにもいかない。あとはコンビニの二個入りケーキ。初めて邪魔するわけだから形だけでも礼儀は必要だ。

家の前の、この間と同じ位置まで進んだ。記憶の中のスーツ姿が、目に見えるような気がしていた。そういえば、結局彼は誰だったんだろう。学校関係者ではないようだった。銀示に金を押しつけるのだから画廊だろうか。でも絵を売ったことがあるにしては、質屋での銀示の様子はおかしかった。だとしたら、

――パトロンとか？

そんなことを考えながら、硅太郎は銀示の家の庭の肩くらいの丈の門をくぐった。なぜか「坂本《さかもと》」という表札が出ているが銀示が入っていったのはこの家だ。間違いはない。

洋風の家で、壁のモスグリーンのペンキが剝げているのが目立つ。案の定、庭は雑草でぼ

さぼさだ。セイタカアワダチソウが立派だった。

一人暮らしならしかたがないし、銀示が家の補修をしたり草むしりをするような姿を想像できない。硅太郎は庭のまん中で割れた鉢から謎《なぞ》の花が生えているのを見ながら玄関ドアに向かった。

芸術家にパトロンが付いているのはよくある話だ。とくに今のような手軽なアルバイトがない昔は、無名時代は援助をする人間がいなければ画家が制作生活を維持できない時代もあった。衣食住を提供し、感性の肥やしになるような美しい贅沢品《ぜいたくひん》を与える。かわいがりがすぎて、身体の関係があった著名な画家も多いという。

男同士なのに――。考えかけて今さらだなと硅太郎は思った。具体的なビジュアルを思い描くことはないが、芸術家とパトロンの肉体関係は美術史の一部としても取り上げられる。そういう歴史だ。自分が意見することではない。

何となく銀示の伸びたTシャツの胸元を思い出した。細い喉仏《のどぼとけ》。緩やかな曲線を描いて左右に伸びる鎖骨と、特別に白い肌。銀示は全体的に毛羽立った印象で、痩せてはいるが女の子のように華奢《きゃしゃ》ではない。男だとわかっているのに、薄目の唇を思い出すと疚《やま》しい気持ちが胸の底に湧き上がった。あの白い肌に触れてみたい。暖かい大理石のような手ざわりだろうか、それとも絹のような滑《なめ》らかさだろうか。

「……自粛」

これから会う友人にとんでもなく失礼な妄想だと思いながら、硅太郎は、うなだれながらインターホンのボタンを手のひらで押した。

奥でぴんぽーん、とチャイムが鳴っているのが聞こえる。今日は銀示にいろいろ訊ねるつもりでやってきたが、上手く彼を傷つけないように切り出せるだろうか。さりげなく遠回しにと思うけれど、彼の言語能力を考えたときに、どこまでオブラートに包んで通じるものだろうか。

ぐるぐると考えごとをしていたが、誰も止めてくれないから深いところまで行ってしまいそうになって、硅太郎は自ら我に返って顔を上げた。

奥から人が出てくる気配がない。聞こえなかっただろうか。

硅太郎は今度は指でチャイムを押した。しばらく待ったがやはり出てこない。

眠っているのだろうか。電話を鳴らしてみようと思ったが、彼は携帯電話を持っていない。自宅に普通の電話機はあるらしいのだが「番号は知らない。うちにかけてくる人が知ってるよ」とやはり謎のことを言っていた。硅太郎は自分の携帯電話の番号を書きつけて渡してみたが、「今も使い方がよくわからない」と言う。電話をかけたことがないような口ぶりも気になる――。

「――……」

と考えている場合ではなく、銀示が出てこない。

もう一度チャイムを押し、これで出なかったら裏に回ってみるかそれとも帰るかと考えかけて、開かないと疑わずに、儀礼的に回してみたドアノブが大きく右に回ったのに硅太郎は驚いた。

ドアの鍵が開いている。

どうしよう、と思ったが開けたほうがいいのは確かだった。眠っているならいいが、具合を悪くして倒れていたら大変だ。玄関の中に入って呼べば聞こえるかもしれないし、銀示が助けを求める声が聞こえるかもしれない。そう思って、思い切ってドアを開けて——開けようとして、硅太郎は中からの力に、ドアを三十センチくらい開けたところで動きを止めた。向こうから何かがドアを押さえている。

ドアの隙間に頭だけ突っ込んでみると、スケッチブックのようなものが玄関の上からドアの方向に向かってなだれてきている。その上から、多分靴箱から落ちてきたとおぼしきダンボールとなぜかカレー粉の箱が十個くらい散らばっていた。泥棒かと思いながら奥に目を向けると奥の方はさらに酷かった。紙の海だ。そこに服が脱ぎ散らかされ、カーテンが中途半端に垂れ下がり、なにやら毛布のようなものまで床にあるから、泥棒というよりこの家だけに台風が来たようだった。

彼のアトリエもこんなふうだったのだから、自宅がこれでもしかたがないのかもしれない。そう思いながら、硅太郎は慎重に紙を押しやりながらドアを開け、つま先で玄関に転がっている缶詰の空き箱を退《ど》かしながら、ようやくたたきのところまで辿り着いた。

玄関の下に一つ、廊下の上に一つ、銀示のぱかぱか靴が落ちている。

「銀示！　銀示、いるか！」

目の前は洋間だ。ドアが開けっ放しで、服や重なった箱に埋もれたソファが見える。あちこちにハンガーがかかっているが、服ともカーテンともわからない布が引っかかっているだけで、まったく役目は果たしていない。

左側を見る。散らばった紙の上にバスタオルが落ちている。一枚ではなく少なくとも四枚。多分風呂から上がったら身体を拭きながらこの廊下を通るんだな、ということがわかったが困惑するばかりですぐには感想も出てこない。

朝日が差す廊下に、赤いカップ麵《めん》の容器が転がっている。口を結ばれたコンビニのビニール袋、骨の折れたこうもり傘がなぜか廊下にある。

友人が来るからといって片付けをしそうではないタイプだが、もしかしなくても――これは立派な汚部屋だ。

「銀示！」

これでは泥棒に荒らされたってわからない――いや、自分なら玄関を開けた時点で泥棒を働くことを諦めるが、メゲない泥棒もいるかもしれない。

「銀示！　おい。いるか！」

玄関の風呂椅子の上に手をつき、身を乗り出して奥へ向かって叫んでみる。

本当にここまで散らかっていたら、死体が転がっていても見過ごしてしまいそうだ。

呼んでみたがやはり返事はない。普通ならここで帰るところだが、玄関は開きっぱなしだし、今日は学校は休みだ。なにより靴がＳＯＳのように見えてしかたがなかった。

「――お邪魔します！」

意を決して硅太郎は沼のように足首まで埋まる紙の間で靴を抜いだ。紙を踏むのは生理的な拒否感がある。それを押し退《の》け中に進んだ。洋館の造りのせいか、外から見ると大きい感じがするが、天井が高いだけで中はわりと小さな造りだ。玄関から右はキッチンや風呂などがあるようだ。正面と左が部屋で、正面が多分応接、その隣と隣にドアがある。どこから覗こうかと考えたが、廊下の一番奥のドアが開いていて陽が差し込んでいるのが見えた。

「銀示？」

問いかけながら部屋を覗く。特別天井が高い部屋だ。一室だけ広い。

銀示はキャンバスの前に座っていた。いつもと同じように、少し首を傾げるポーズでキャンバスにペインティングナイフを伸ばしている。

「銀示」

呼びかけてもこっちを向く気配がない。もう一度、と思って硅太郎は開きかけた口を閉ざした。

なにか彼の周りにだけ見えないガラスの密封容器があって、音も視界も遮断されているように見えた。北向きの窓から静止したような光がさし込んで広がっている。絶妙に光を避けた場所にあるキャンバス。映っているのは黄色く光る半球だ。

波の上に映っているような、もやもやとした白っぽい黄色の塊に硅太郎は思わず声をこぼした。

「……昨日の月？」

少し霞《かす》んだ半月と、目を凝らせば見える黒く棚引く雲。夜空は透明度のある藍色で、どこまでも向こうに吸い込まれそうな気がした。まったく同じものがキャンバスの上にある。画面上の月は実物よりかなり大きすぎ、夜は明るすぎるが心の中の記憶ではこっちのほうが正しい。確かにこんな風に見えた。銀示が見上げる月が不安なくらい大きくて、あのまま寄り添ってどこまでも歩きたかった。

昨日の銀示の夜はこんな夜だったのだ。あれから下地を塗って、一晩中描いていたに違いない。室内には電気も点《とも》っていなかったが、銀示はそれでかまわないのだろう。月明かりの下で見る感覚に頼って混ぜ合わせた色が、銀示には正しいのだ。

相変わらずすごい。

音や温度が伝わるような絵だ。月光の煌めきの音。藍色の空から伝わる闇《やみ》の冷ややかさ。夜の奥深さ。圧倒される。引き込まれるようなのしかかられるような、見ていると月のある夜に巻き込まれそうな絵だ。

コイツはこのあとどうするのだろう。

今まで自分の中に一度も見いだしたことのない《未来》という単語が胸の中に浮かんできた。銀示にこの絵を描かせたい。この絵を描く銀示を守りたい。

そんなことをはっきり感じたとき《パトロン》と言う単語を思い出した。芸術家をアクセサリーのように扱い、ときには肉体と保護を引き換えにさせる。肉欲と名声欲に長けた野心家の人物ばかりがそうするのだと心のどこかに偏見を持っていたが、そういう人間ばかりではなかったと自分の身勝手さを硅太郎は恥ずかしく思った。銀示を助けたい。しかしパトロンになりたいと思っても何の実績もない自分では銀示に何もしてやれない。

まずは彼の話を聞きたい。

どうやってここまで生きてきたのか、どうしてそんな絵が描けるようになったのか、この先どんなふうに生きてゆくつもりなのか、銀示に訊いて、できるならその側で彼の未来を見届けたい。

とりあえず今、この絵の制作現場を見られることを感謝すべきだろう。相変わらず意外な色が重ねられるキャンバスを注視し、硅太郎が腕組みをしようとしたとき、隣の小さなテーブルの額に気づいた。ノートほどのサイズの肖像画だ。金髪っぽい少女が描かれている。有名なところで言うとルノワールのイレーネ嬢に何となく感じが似ている。ちがうところは彼女の髪は肩くらいの長さで、筆を持っているところだろうか。はっきりしとしない輪郭が、どこか銀示の絵に似ているような気がしたが、これが銀示が描いた絵でないことは硅太郎にもわかるくらい古い絵のようだ。

そういえばアトリエの中に、完成品の絵は一枚もない。いい絵は学校に出してしまったとして、自分で気に入らない作品や取っておきたい数点が必ず手元に残るはずだ。別の部屋にしまってあるのか。なのになぜこの作品だけ側に飾ってあるのか。小さいけれど随分上手い気がするが、誰の作品なのか。

推測しかけて硅太郎はやめた。ぜんぜん見当も付かないのだから、銀示自身に正解を訊いた方が早いだろう。

それにしたっていつまで待てば銀示はこっちに戻ってきてくれるのか。彼の集中の邪魔をするのが罪だとわからないほど硅太郎は素人《しろうと》ではない。だがこの調子でずっと絵筆を握り続ける銀示をぼんやり見ているのも判断ミスのような気がする。

もうしばらく待って、それでも反応がなければ適当に食事を作り始めようか。腕時計を見ると午前十時二十分を過ぎたところだ。今から作れば十分昼に間に合う。

とりあえずあと三十分ほど眺めていよう。そう思ったとき、床に落ちた何かを拾うような姿勢で、銀示がふっと上半身を屈めた。何を落としたのだろうかと思っていると頭を上げ、また下を覗く。

「銀示……？」

何かを落としたなら一緒に探してやろうと声をかけると、そのまま身体を丸めるようにして、銀示が椅子から転がり落ちた。

「わあ！」

声を上げたのは硅太郎だ。急いで手を伸ばしたが間に合わず、銀示は床に転落した。だが、腕を摑んだせいで頭を打つのを免れる。

「おい、大丈夫か！」

硅太郎にだらんと吊り下げられている銀示を慌てて支えた。どうしたのだろう。病気だろうか。顔を覗き込むと目の下にクマを作った銀示が朦朧《もうろう》とした目で硅太郎を見て呟いた。

「あれ……？　ついてきたの？　硅太郎」

「え？」

「けーたろ……の家は、シチヤ美術館、から……、電車で四駅って」

と言いながら銀示はぼんやり、自分の目の前で指を折りながら数える。駅の名前を教えたから思い出しているのだろう。

「それは昨日の話だろ？　あれからちゃんと帰って買い物して出直してきたんだよ」

よいしょ、と銀示の腕を引き起こし、胸に頭を凭《もた》れさせて抱き支えた。この様子からすると銀示の頭の中は昨夜のままか――いや、二人で月を見上げたあの瞬間にいるのだ。

銀示は自分の現在地を確認するように視線をさまよわせる。

「カレー……」

「そうそれだ。作りに来たんだ。もう朝だ」

メニューはカレーだな、と思いながら、硅太郎は答える。

「帰ってからずっと描いていたのか？」

訊きつつも多分そうだと確信があった。画面いっぱいに、盛ったばかりの油絵の具独特の光がある。昨日のままの服だった。じゃっかん汗くさくもある。

「うん。硅太郎の隣の月はとてもよかったから」

「俺と一緒に見た月？」

「ううん。硅太郎の隣にいるときの月。おとといの月は普通だったのに、硅太郎の隣で見ると、月が凄《すご》かったんだ」

と言いながら、銀示はまだ直接その月を見ているように空中を見上げ、人差し指で空中に何度も曲線を描いている。

描くのを自分でやめられないのだろう。描きたくなると徹夜も疲れも関係ないタイプだ。

「マジでお前、一人暮らしか」

途方に暮れそうな気分で硅太郎は呟いた。社会に溶け込むどころか私生活すらろくにできない銀示を管理する人間が誰もいないなんて、サバンナに家うさぎを放つようなものだ。

「うん。部屋にいるときは、ママが一緒だったのに……、外に出たら……」

独り言のように呟く言葉の最後が、呼吸に紛れてゆく。

声が途切れたままなのに、ふと硅太郎が銀示の顔を覗き込むと、銀示はもうすうすう寝息を立てて眠っていた。

「……ヤバイだろ、これ」

いよいよ放っておけないと硅太郎は胸が摑まれるような衝撃を覚えて、それが憐れみでも心配でもないことに硅太郎は戸惑う。それでは何かと問われれば庇護《ひご》欲と困惑という言葉が多分、一番今の気持ちに近いはずだが、それが少しも不快でもないのはどういうことだろう。

こんなビスクドールがあったな、と、銀示の寝顔を見ながら大学出身の人形作家の展示品を思い出した。榛色の、くるくる巻き毛の束になるくらい長い睫毛がナイロンのように伸びた王子様の人形にそっくりだ。ただし、その王子様の人形は、よれよれのTシャツでも絵の具まみれのジーンズでもなかったし、足の指が開いた素足でも巻き毛がぼさぼさでもなかった。

銀示をその場に寝かせて、意外にちゃんとしていたベッドから毛布を取り出し、銀示に着せた。北側を選んで置いたらしいアトリエは、絶妙な角度で日が入り、外は肌寒いくらいなのに温室程度に暖かい。

勝手にキッチンを使わせてもらった。散らかっているかと思っていたがこれがまったく人《ひと》気《け》がないようなキッチンだった。誰かのために開けてあるようにまったく使った痕跡がない。ゴミもなければ散らかってもいない。自炊はまったくしないどころか、食器を使った形跡もほとんどなかった。本当にコンビニ弁当オンリーか写真付きメニューを置いてある店でしか食事をしないのだろう。

戸棚を開けてみると、いい鉄鍋があった。生姜《しょうが》とニンニクを炒めて香りを出し、そこに玉ねぎを投入する。いい感じに飴色《あめいろ》になったら、特売の牛肉の薄切りを入れる。ニンジンとジャガイモを入れて灰汁《あく》を掬い、固形のカレールーとカレーフレーク。隠し味はポケットに入れてきたチョコレートとスティックのインスタントコーヒー。まったくの自己流だがそこそこ体よくカレーになる。

スーパーで買ったパック入りのサラダを二等分して、窓辺で育ったルッコラを飾った。玉ねぎの残りを薄切りにして炒め、水とコンソメを投入。塩コショウで味を調えてコンソメスープのできあがりだ。白米は持ってきてよかったと硅太郎は思った。五キロの米袋を見つけたが虫だらけだった。貰ったまま放置されていたようだ。新品のまま埃《ほこり》を被った炊飯器はあるだけラッキーだった。

とりあえず三合研いだ。銀示が山盛りにしたいと言えば、自分が少なめにすればいい。

「もうすぐできるぞ？　銀示はカレー、作ったことあるか」

背後に現れた人の気配に、硅太郎は背中を向けたまま声を掛けた。

「ない。ママが作ってくれたことがある」

「……」

いきなり地雷だが、今がタイミングだろうと思って硅太郎は切り出した。

「銀示のお母さん、亡くなったそうだな。ご病気か」

突っ込みすぎかと思ったが、銀示にはあまり遠回しな質問は通じない気がした。

「ううん。階段から落ちて、目を覚まさないまま、すぐに死んじゃった。昨日まであんなに元気だったのに」

返し刃なら受けるつもりでいたが、想像よりも随分激しい話だ。転落してそのまま亡くなったのだろう。

「それは気の毒だった。お父さんは？」

二人で転落死とは考えがたい。銀示は簡単に答えた。

「車の事故だって」

口を出せないほどの不運だ。

「……そうか。それもお気の毒だ。辛かったな」

転落死と事故死。それで天涯孤独だ。何年前のことだったかわからないが、取り乱す様子はなく淡々と言った。

「俺は寂しいと思ったけど、いいことだったんだって」

「え……？」

父親に対して違和感を覚えるほど突き放した言い方に、硅太郎は思わず銀示を見た。

「パパが死んで、これでよかったんだって。ママも同罪って言われたのは悲しかったけど、俺がそう思わなければいいだけの話で」

「銀示……？」

この間も似たようなことを言っていたが、言っていることがおかしい。銀示は苦痛も浮かべず、平坦な声で喋った。

「ずっと家の中にいる生活は、窮屈だったけど幸せだった。それがなくなったのが幸せだって、周りの人は言うんだ」

「ずっと家の中って……？」

あまりの摑めなさに、硅太郎が銀示を見つめると、銀示はひょい、と左に身体を折った。

「もうごはん、できた？　ママを連れてくる」

硅太郎の背後を覗き込むような仕草をして、銀示は話の途中で部屋を出てしまった。

外国人の引きこもり――？

プラスされた銀示の身の上に、硅太郎は思わず天井を仰ぐ。

想像はどんどん複雑になってゆくばかりで、やはり銀示の答えを待つしかない。

銀示《ぎんじ》の言葉だけを聞いていると、寂しく懐かしそうだが、硅太郎《けいたろう》の脳裏に真っ先に浮かんだのは《DV》という言葉だった。

「もうそこに住んじゃいけないって言われたからこの家に引っ越してきたけど、二年くらい前まで、別の家にいたんだ。こことよく似た感じの」

カレースプーンでカレーとごはんを別々に掬って食べながら、銀示は言った。

「その家にずっと居続けたら、また俺が出られなくなっちゃうかもしれないって弁護士って人が言って、こんな小さな家に入れられたんだ。みんなが《君のためだ、もう大丈夫だ》って言うんだけど、いいことはひとつもなかったし、ぜんぜん大丈夫じゃなかった」

「……そうだったのか」

少し不満げに、でも淡々と語る銀示の身の上話が酷《ひど》すぎて、カレーの味がよくわからない。

銀示の下手《へた》くそな説明を総合すると、幼い頃から母親と屋敷に閉じ込められ、一歩も外に出ず、十七歳まで過ごしたということらしい。それが二年前、父親が事故で他界。時をほぼ同じくして母親も他界した。自治体などが彼を保護し、軟禁されていた家から連れ出したのだが、外に関する知識はほぼゼロの状態だ。家を出るまで現金を見たこともなかったと言った。逃亡と潜伏防止だ。徹底している。

「でも、弁護士もケースワーカーもパパのことを酷い人だって言うけど、パパは優しかった。お菓子もオモチャもたくさん買ってきてくれて、クリスマスのときなんか、お城みたいなケーキを買ってきてくれた。仕事中だっていつだって電話をかけてくれる優しいパパだった」

何よりぞっとするのが、十七年もの軟禁生活を銀示が不幸に思っていないことだ。子どもが喜ぶお土産《みやげ》を持って毎日会社から帰宅する父。母親とは仲は悪くなかったことが銀示の言葉の端々から推察される。現金をいっさい与えず、勤務中も電話で見張る。あきらかな異常を銀示は異常とわかっていない。物心ついた頃は家の中にいたという銀示はいいとして、遠回しに言えば母親も児童虐待だ。夫婦の間にＤＶがあったと察するべきだが、銀示をそれに巻き込んだのだ。

「でも……やっぱり、その家は出た方がよかったと思う」

両親を庇《かば》う銀示に同意してやりたいのは山々だが、彼の両親が銀示にしたことはどうやっても庇いきれるものではない。事情もわからない自分が何を言えるわけでもない。だが、もしも銀示を軟禁していた両親が他界したというなら、そんな家にいるべきではない。

銀示は少し残念そうな顔をして、カレーと同じスプーンでケーキの先端を掬った。

「そうかな。……まあ、あの部屋は気に入ってるけど」

と言って、アトリエのある方をちらりと振り返る。

「絵はいつ頃書き始めたんだ？」

話題を切り替える。歪《ゆが》んだ生い立ちだが銀示は素直だ。弁護士も付いていると言うからまだやり直せると確信しながら、側で支えてやりたい気持ちばかりが強くなった。

「ん。小さい頃から。パパが絵の具やパステルを買ってきてくれたんだ。ほしい色は全部」

「そうか」

自慢げに言う銀示が胸に痛い。

「毎日ママと絵を描いてた。ママも絵が上手で」

「そうか、絵はお母さんに習ったのか」

素養のある人だったのかもしれない。言われてみれば、銀示の絵は小さな子どもが描いたような絵だ。概念に囚《とら》われない感受性の強い子どもが、受け止めた景色を見えるがままに描き写したような絵だ。

「うん。これもママが描いたんだ」

銀示はテーブルの横の方に立てた小さな額を視線で示した。絵を描いている少女の絵だ。

「自分の姿を鏡に映しながら描いたんだって。ママが死んだとき、ママはこれより少し太ってて髪の毛はもう少し短かったけど、とてもよく似てる」

「自画像なのか」

「うん。ママが描いた絵はこれ一点になっちゃったから、とても大事なんだ」

これこそが金にならない、金に換えられないものだ。どんな名画より銀示が大切にしてゆくべき絵だ。

「うん。いい絵だな」

硅太郎はしみじみとその絵を眺めかけて、思わず息を呑《の》んだ。硅太郎はあわててテーブルを立つ。そんな大事な絵の前で、呑気《のんき》にカレーを並べて食っている場合ではない。

「硅太郎？」

「食事と一緒に額を置くなんてとんでもない。水や食べ物を零《こほ》したらどうするつもりなんだ。せめてちゃんと……」

言いながら見回すと、カフェの外にあるような細いテーブルが窓際に置かれていた。それに歩み寄り、埃《ほこり》を被《かぶ》った丸い天板を手のひらで撫《な》でて埃を払い、テーブルの側に持ってきた。

「大事な絵だろ？　側にいたいのはわかるけど、だったらよけいに大事にしろ」

立ったまま銀示を叱《しか》ると、銀示はびっくりした目をしたあと、目を潤《うる》ませた。

「……よくわかったね。硅太郎はいつも、俺の気持ちを俺よりもっと上手に形にする」

「物を大事にする方法が少しわかるだけだ」

こんなものでよければいつだって提供してやろうと思いながら、再び硅太郎は席につく。座ったあとで銀示のカレー皿が空なことに気づいた。

「おかわりするか？　どのくらい？」

訊《き》いて手を差し伸べると、銀示は皿を差し出してきた。

「さっきと同じくらい」

と答えた銀示の肘《ひじ》が水のグラスにあたる。

「あ」

半分くらい水が残っていたグラスはそのまま倒れて、さっきまで絵があった場所に向って水の放射線をさっと伸ばした。二人でぎょっとそれを見て、テーブル同士の谷間に、滝のように落ちてゆくコップの水を呆然《ぼうぜん》と見つめる。

「間一髪」

布巾《ふきん》に手を伸ばすのも忘れて、硅太郎はほっとしながら呟《つぶや》いた。絵をテーブルに移動してなかったら母親の肖像画は水の餌食《えじき》になっていたところだった。

「すごい、硅太郎」

目の前では泣きそうな顔で銀示がびっくりしている。


銀示にお茶を出してもらえるとは思えなかったから、スーパーで1リットルパックのジャスミンティを買ってきた。それを二人で飲みながら球根のことを訊いた。銀示は球根を持ってきた。紙袋は捨てたらしい。

「ポットの中に入らなかったよ」

銀示は残念そうに苦情を言う。驚いたのは硅太郎の方だ。

「中に押し込もうとしたのか？　入れるところがくびれてただろ？　その奥に入れようと思ったのか？」

「だって、硅太郎が水に浸けろって言った」

「いや、水栽培はそういうことじゃなくってな……」

どこの学校にいてもだいたい一度くらいは水栽培を見かけるものだ。口で言っても伝わらないかもしれないが、現物を与えればきっと思い当たるだろうと思っていたのだが、銀示の父親は銀示に水栽培キットを与えなかったらしい。

銀示からポットと球根を受け取りキッチンで水を入れた。袋の中から大ぶりの球根を取り出し、横にぐるりと巻かれている《ヒヤシンス》とマジック書きされたテープを取り除く。

水を入れたポットの口の部分に球根を置くと、球根の底が水に触れるくらいだ。丁度いい。

「こんな風に置くんだ」

「どうして？」

「一番下の部分が水に触ってたらそこから水を吸い上げる。それで？　どこに置くんだ？」

肩をくっつけるようにしてポットを覗《のぞ》き込んでいる銀示に訊いた。

「絵を描くところでいい？」

「ああ。いいだろう」

「何時《なんじ》頃虹が生えるの？」

そんな人を馬鹿《ばか》にしているのか、エキセントリックを気取っているのかわからない言葉が今ではひどく大切に受け止めてやらなければならないことのように聞こえる。

「今日は無理だな。早くても一ヶ月くらいか」

ポットの水滴を台拭《だいふ》きで拭いて、身体《からだ》を屈《かが》めてポットを覗き込むようにして歩く銀示を隣にくっつけたまま廊下を歩いた。

「聞いたことがある。一ヶ月って何日だっけ」

「三十日くらい」

「そんなに？」

「銀示だって一日じゃ絵を仕上げられないだろう？」

「そうだね。きれいな虹を描こうと思ったらそのくらいかかるね」

ジョークのつもりで交わした言葉を銀示はそのまま信じているのだろうか。普通なら冗談だとわかりきったことだが、銀示の事情を知ってしまうとひどい嘘《うそ》になるかもしれない。

「あ……あのな、銀示。この球根から生えるのは虹じゃない。花なんだ」

「そうなの？　何色？」

急に残念がる様子も見せず、銀示は訊《たず》ねた。

「何色かはわからない。どんな花が咲く球根なのか、わからないまま買ったから」

「赤とかピンクとか？」

「ああ、紫や青かもしれない。黄色かも」

「じゃあ、やっぱり虹が咲くんじゃないか」

なんだ、という顔をする銀示をびっくりして見ると、銀示は先に部屋に入って、ごそごそと床に積もった各種ガラクタをつま先で退《ど》けたり跨《また》いだりしながら、硅太郎より先に窓辺に進んだ。

「ここ」

と言って振り返る。

「そこは少し陽《ひ》が当たりすぎるかもしれない」

ネットで調べたとき、芽が出るまで直射日光は避けろと書いてあった。

「でも、ここがいいんだけど」

「それなら何かで影を作ろうか」

直接陽差しが当たらなければいいのだから、ヒヤシンスと窓の間に何かを挟めばいい。硅太郎は辺りを見渡した。紙状のもの。できれば色が付いた紙のほうがいいだろう。幸か不幸かこの部屋にはいろんなゴミで溢《あふ》れかえっている。硅太郎は足元でぐしゃぐしゃになっている菓子の包み紙のようなものを拾い上げた。えび茶色の包装紙でびりびりに破れている。

「セロテープか何かあるか？　これを窓に合う大きさにもう少し破って貼ったらいい陽よけになる」

「あっ、それは駄目」

「えっ？」

「その赤いところと黄色いところが、絶対その色じゃないと駄目だから。それはあとで考えるから駄目」

銀示に急いで止められて、硅太郎は破ろうと紙を摑《つか》んだ手を止めた。

よく見るとえび茶色とクリーム色の境がほどよいコントラストだ。眩しすぎずぼんやりともしていない。絶妙な配置と言えばそうかもしれない。

「あ、ああ……わかった。サンプルだったのか」

だったらもう少し大事にすればいいのに、と思いながら破る寸前で思いとどまった紙を大切に、携帯ＣＤプレイヤーやＤＭチラシが積み上がってなだれた椅子《いす》の一番上に置く。

「じゃあ……。これで」

なんの布かわからないが、生成りっぽい布がぐしゃぐしゃになって、ゴミの隙間《すきま》に挟まっている。引っ張り出してみるとカットしなくても窓のサイズに合うくらいだし、特別サンプルにするような色もない。だが、

「それも駄目。それは雲のにおいがするから。そういうにおいの布、なかなかないんだ」

「《雲のにおい》……？」

雲なんてにおったことがあるのかというか、そもそもにおいなんかあるのか。

「うん。雨が降るかなどうかな、っていうときのにおいってあるだろ？　雪の前とか雨の前の雲のにおいとはまた別で、それは夏になる前の雲のにおい。その雲がくると必ずそんなにおいがする。夏の雲のにおいはね……えっと……」

と言ってごそごそガラクタの山を掘り返しはじめる。

「い、いやいい。わかった。これは駄目なんだな？」

ゴミ山を掘り返すと容積が増えて散らかり具合が増す気がする。そもそも夏の雲のにおいを知らないのだから本当にそういうにおいがするとしても硅太郎には判別ができない。

「うん。駄目」

「じゃあ、なんか使っていいものはないのか」

「うーん……。そうだなあ……」

硅太郎が訊くと、銀示は腕組みをして唸《うな》ったあと、その場にしゃがみ込んでガラクタの山を漁りはじめた。これは駄目、これも駄目。とより分けているところを見ると、今まで摘《つま》んだ布や紙や汚れた帽子はゴミではないということか。

「……」

それを見ながら手にしたままになっていた、生成りの布をにおってみた。埃のにおいと言われてみれば湿った土のようなにおいと、少し金属っぽいにおいがする。理由はわからないがそういえば何となく夏の前にふと、見上げた途端雨粒が頬《ほお》に当たるあの瞬間のことを思い出す気がする。銀示は相変わらずパチンコ玉や、古そうな定期入れを手に取っては横に退けている。それもゴミではないらしい。

「ちなみに銀示」

「なに？」

「さっきのカレーは何色だ？」

「ネイビーブルー」

即答が来た。

何となく思いつきで訊いたのだが、やはり銀示は物を角膜で見ていない気がする。角膜と網膜の間に一枚、銀示の心のフィルターが挟まっているのだ。銀示はその理由を述べた。

「密度が高くて濃いんだけど、ベタベタしてなかった。ニンジンとか斜めになった部分が紺色の絵の具を盛ったときと同じくらい光るんだ。こう……、キラキラしてて」

銀示が海を見たことがないなら驚愕《きょうがく》の選択だ。ネイビーブルー。海の青。確かに海の波はそんな光りかたをする。

銀示はガラクタの山の中からごそごそとカレンダーらしき巻いた紙を取り出した。

「これはどうかな」

広げてみると電気屋の名前が入った日本の景色の写真のカレンダーだ。

「それはサンプルじゃないのか」

絶景の数々だ。紅葉や新緑、新雪の山。色合わせの参考にするならそういうものこそではないのかと思うのだが、銀示は首を傾《かし》げる。

「普通の写真だよ？」

言いながら、一番上の紙をビリビリと斜めに破いて、「はい」と寄越してくる。あとはテープだ。

「テープは……っとこれでいいか」

つるつるした光沢紙でできた箱に、赤いテープが止められている。これをきれいに剝《は》げば使える気がする。見た目は二の次だ。このぶっ散らかった部屋の中からテープを探し出すよりは、廃品利用した方が合理的だ。

「それは剝いじゃ駄目」

テープの端に爪《つめ》を立てる硅太郎から、血相を変えた銀示が箱を奪い取った。

「これを剝ぐなんて信じられない……！」

許されざる大罪のような目で自分を見つめる榛《はしばみ》の目に、硅太郎は返す言葉がない――。

ゴミ山の上に寝っ転がった銀示は、ずっと指で空中をなぞり続けている。

「多分、あの球根からはこういう虹ができると思うんだ。ここが青くて、こっちが根っこで――……こう……」

本当に空中にキャンバスがあるように、しっかり目を開けて熱心になぞるから、自分にまでまだたっぷりと油分を含んだ油絵の具が輝く虹の絵が見えてきそうだ。

硅太郎も、銀示の隣に横向きに寝っ転がっていた。ゴミとはいえど物の上に腰を下ろすのも生理的に合わないのだがとにかくソファも椅子もガラクタに占領されている。デパートの紙バッグから化粧品の空箱まで。ゴミではないのかと訊いたのだが、一つ一つにどこが素敵なのか、銀示は説明を返してきた。鶏ガラ味のインスタント袋ラーメンの、茶色とオレンジの縞について、これがなぜ真オレンジではなく橙色なのかを力説されたときに、《ゴミじゃないというのは言い訳ではないか》と疑う気持ちはなくなった。他人にはゴミにしか見えなくとも、銀示には大事なサンプルなのだ。サンプルは色に留《とど》まらず、嗅覚《きゅうかく》にも手ざわりにも及んだ。カーテンをにおっては夕方の太陽のにおいといい、砕けたレンガの欠片《かけら》と粉を見て、ココアと黄な粉が混じった生チョコレートの味という。帽子の鍔《つば》を指で撫《な》でて砂浜の手ざわりと言う。銀示の心から些《さ》細《さい》な刺激に対してとんでもない数のレーダーが伸びているのに、硅太郎は心中少しゾッとする思いだった。これでは創作意欲は湧《わ》くはずだと感心したが、同時に一生この部屋は片付かないのだろうと思うとため息も零れる。

「硅太郎の気持ちは、この辺にいると思うんだ。ほら、球根をくれた人だから」

と言って横の方を指でなぞっている。

「硅太郎はどういう形だろう」

折り重なった紙くずに巻き毛を広げて、探るように何度も空中を指でなぞる銀示の頬に、知らない間に手が伸びる。

「……硅太郎？」

頬を何度も撫でると、宙を見つめていた目がこちらを向いた。上げっぱなしの銀示の手を取り、硅太郎は自分の頬に導く。

「俺の輪郭はここだ」

銀示になぞられたがっている、憐《あわ》れな男の外殻はここだった。

「硅太郎？」

自分の欲情に戸惑う銀示が不思議そうな顔で訊く。

「ここなんだ、銀示」

自分の心に触れさせたい。抽象的な衝動に駆られるまま、硅太郎は銀示の手に自分の手を重ね、頬に押しつけさせた。彼は自分に触れて、一体どんな絵を描き出すのだろう。

「うん……。あったかい。すこしざらざらする」

キャンバスに重ねる色を吟味するように、銀示のほうから頬を撫でてくる。感覚の触手をいっぱいに伸ばしたような銀示の瞳に自分が映っていた。

「髭《ひげ》だ。銀示は薄いな」

軽く身体を起こして、銀示と胸を重ね合い、頰を撫であう。きめ細かい肌に、うぶ毛というにも細い髭が微《かす》かに生えている。鼻先が触れあいそうな距離で見ても銀示の頰には毛穴が見えない。薄く、やわらかい頰に血潮が透けている。空気に溶けてしまいそうな栗色の髪は一本一本が細く密集して、黒髪とはまったく違う弾力があった。いろんな毛の色が混じっているような気がして、詳しく搔《か》き分けて調べたくなる。

撫でられながら、すこしうっとりした目で自分を見ている銀示に唇が引き寄せられるようだった。逆らうつもりもなく、触れたあとしっとりと重なる。銀示は抵抗しなかった。何をしているか知りたがっているように、離れる硅太郎の唇を見つめる。再びキスをすると大人《おとな》しく目を伏せた。

銀示の伸びたTシャツの上から脇腹《わきばら》を撫でた。《食べさせなければ》と独り言を零しそうになるくらい、身体が細い。Tシャツを胸の上までたくし上げ、脇腹を撫でる。何となく胸元を撫でてやわらかい丘がないことに少し驚いたが、一度手のひらで撫でてしまえば戸惑いも終わりだった。

痩《や》せた胸に小さな粒を見つける。そこだけ薄い皮膚ごと粒を摘みながら、銀示とキスをした。

何も言わず、確かめるように何度も唇を重ねて奥まで探る。意識の奥の理性がぼんやりと霞《かす》みはじめると、手が勝手に下半身に下りた。

硬いジーンズの生地越し、銀示の欲情に擦りつけると銀示も硬くなっているのがわかる。ボタンの緩んだ、銀示のだぶつき気味の——というか銀示が細すぎるのだが——ジーンズの前を開き、中に手を入れて思わず息を呑む。確かに下着を穿《は》きそうなタイプではないが、いきなり皮膚の薄い下腹が思いっきり熱くなっているのに触れるとさすがにびっくりする。

だがそれも一瞬だ。興奮しながら起き上がりつつある銀示を緩く握った。間近にある端整な顔が戸惑いを浮かべ、「あっ」と小さい声を出す。

「嫌か」

男とこんなこと、嫌に決まっている。徹底的に嫌われる前に突き放してほしい。嫌だと叫んで逃げ出して、自分に謝る機会を与えてほしい。

だが銀示は、硅太郎の手を振りほどくでもなく、びく、びく、と小さく震えながら不安そうな顔で、重なった自分たちの下半身と硅太郎の顔を見比べ、不安の理由を答えた。

「他の人にさわられたことがないんだ」

近い距離にある唇で、言い訳のようなことを打ち明けるが、まったくそれは逆効果だった。

「そういうこと、知らないぞ？」

引き止める理性の綱を銀示自身にちぎられるような、爆発的な衝動に硅太郎は潜めた声で、銀示に宣言した。抱きたくてたまらない。硅太郎を堪《こら》えさせるものが何も見つからない。普段自分のものにするように、ズボンの中から取りだした銀示の茎を緩く握って擦《こす》った。馴染《なじ》んだ感触よりふわふわしてやわらかいのに興奮する。

「銀示はいい」

彼が自分に触れてくれようとするが断った。代わりに銀示の腰骨あたりにすっかり硬くなってしまった肉を擦りつける。

「どうなるの？」

戸惑いながら喘《あえ》ぐ銀示が訊いてくる。本当にしたことがないのだろうか。十七年も閉じ込められていたなら当然か。

「好きな人とすることなんだ。嫌か？」

「嫌じゃない」

恐《こわ》そうな表情だが、急いで答えてくる銀示がたまらなくかわいらしかった。

「け、……硅太郎。そんなに、したら」

困ったように眉《まゆ》を寄せて、銀示が快楽を訴えるのにキスで応《こた》えた。性器の下の袋を揉《も》み、その奥へと指を伸ばす。

「硅太郎」

戸惑う声音《こわね》の警告を無視する。銀示のやわらかい場所に指を差し込もうとするが、狭く噤《つぐ》

んだ場所にはまったく潤《うるお》いがなくて、指先以上を挿《い》れたら間違いなく痛そうだった。

多少の唾液《だえき》でどうにかなりそうな気がしない。指先で揉みほぐせばやわらかくはなるが、噤んだ場所は開いてくれそうになかった。

「ちくしょう……」

おおざっぱな知識はあるが、行う予定がなかったから巨匠の情事の記録を読みながら《まったく無茶なことをするな》と思ったくらいの記憶しかない。

本当に役に立たないと、努力自慢の自分の知識を硅太郎は罵った。無茶をしたいのに、具体的な手順を勉強していない。

「硅太郎……？」

諦《あきら》めて銀示の薄い尻《しり》の狭間《はざま》から指を離した自分に、銀示が不安な顔で見つめてくる。

「悪い。また今度」

あっと言う間に汗ばむ身体で銀示を抱きしめ、はっきりと硬くなった銀示をもう一度手のひらで包む。

「なんで？　俺が嫌なの？」

囁《ささや》き声に首を振って、硅太郎は銀示をぎゅっと抱きしめた。

「そうじゃない。ちゃんとしたいんだ。銀示が、よければ」

もうこんなチャンスは来ないかもしれないと、脳裏で悪魔が囁くが、銀示が痛いのは駄目だと思う。銀示がほしいならなおさらだ。銀示と明日も会いたいと思う。明後日《あさって》も、その先も。だから駄目だ。

「うん。いい」

準備をしてもきっと少しは痛いだろうことを知らないのか、銀示は簡単にそんな返事を返してきた。汗ばんだ額《ひたい》を合わせ、硅太郎は苦笑いで頷《うなず》く。童貞みたいな言い訳になった。幸せな気恥ずかしさがある。

とりあえず、今日は出して終了と言うところか。

それでも抱きあって、快楽を分けあう行為が硅太郎には嬉《うれ》しかった。身体を撫でて銀示しか触れたことがない場所に触れる。銀示の表情を窺《うかが》いながら、緩い速度から激しく擦る。頰を摺《す》り合わせ、何度もキスした。銀示の舌は滑《なめ》らかだ。擦れあうとそっと逆目が立つのにぞくぞくする。

「こういうのは、何色だ？」

ちょっとカレーの香りが残ったキス。高めの体温をした、甘い舌の感触を彼は何色で表すのだろう。

銀示は蕩《とろ》けた表情で、やはりすぐに答えた。

「フラミンゴピンク」

人類の衝動は正しいらしい。

それなりに手で遂げたあと、銀示はまたキャンバスに向かった。まだ辛うじて意識がこっち側に残っている銀示と、夕方になる前に帰ると話したとき、朝、玄関の鍵が開いていたことを思い出した。訊ねてみると、普段から鍵をかけないという返事が帰ってきた。夜も開けっ放しだというのだ。不用心だから鍵をかけろと叱ると「家から出ていいの悪いの」と口を尖《とが》らかせたあと、銀示はそのままキャンバスに集中してしまった。

しばらく眺めていたが、右端の方に新しいモチーフが増え始めている。ピンク色のキャンバスの中で一番くっきりした小さな何か。何となく自分だとわかって照れながらしばらくそれを眺めていた。

もう一つこの部屋を見て気にかかることがあったが、訊いてももう答えが返ってきそうな様子ではない。

他の絵はどこにあるのか。

銀示の生活を知ると、よけいにこまめに保管に出しているとは考えにくい。絵を売って生活しているとは思えなかったし、12号もしくは13号のフランスサイズだ。学校に担いでくるには大きすぎる。

——スーツの男。画廊だろうか。

いきなりそんなことまで立ち入って訊くのもおかしな気がする。

夕方五時を回ったので、家を出ることにした。

夕飯はカレーの残りだ。温めて食べることくらいするだろう。冷蔵庫にサニーレタスをちぎっただけのサラダも残っている。

銀示は絵に集中しているので、書き置きを残すことにした。ゴミだと思ってなんにでも書きつけると怒られるかもしれない。

硅太郎は財布の中からレシートを抜いて、そこらへんに転がっているペンを借りた。

日本語の読み書きができないと言うことだ。とりあえずローマ字で「また来ます。硅太郎」と書いたあと、ローマ字の意味がわからなったらどうしようと考えた。何しろ外国人とも違うのだ。

とっさに「また来ます」という英語の言い回しが思いつかず、「I'll be back」と有名な映画のCMのセリフを書きつけてみた。意味さえ通じればいいと思った。

また廊下のガラクタを跨いだり掻き分けたりしつつ、玄関へ向かう。ドアの鍵と言っても、ドアノブの中央に着いている摘みを横に倒すだけのもので、ないよりはマシという程度だ。

鍵のことも、片付けのことも今度相談してみよう。捨てられないにしたって、家中これでは大変だし、整理すれば銀示も便利なのではないか。

そんなことを考えながら玄関の段差というよりほとんど坂になりつつあるたたきを下り、

靴を履いて、硅太郎はあらかじめ鍵を横に倒して、ドアノブを回し、外に出てから静かにドアを閉めた。とりあえず今夜銀示を守ってくれと、ドアノブを握ったまま短く祈った。

ジョヴァンニ・アントニオ・バッツィという画家がいる。あだ名はソドマ。少年を愛好していたのでそんなあだ名がついたということだ。レオナルド・ダ・ヴィンチも同性愛の疑いをかけられて訴えられ、フランシス・ベーコンはカミングアウト済み。三島由紀夫と挿絵画家に関係があったというのも美術史ではまま耳にする常識であるし、疑いを含めると名前を覚えきれないほど、同性と肉体関係を結んだ芸術家がいる。

彼らにできて自分にできないはずがないとふと思い立って、学校に付属する図書館で資料を繰り始めたが、当然と言えば当然か、行為に至る詳しい手順は書かれていない。

なんでこんなことを。

ふと我に返ると、非常に恥ずかしいことをしている気がして、硅太郎は目の前に広げた大判の美術事典の前でため息をついた。

こんな真面目《まじめ》ぶった馬鹿《ばか》なことをしていないで、具体的な方法はネットで調べるのが多分正解だ。

硅太郎は口許《くちもと》を覆ってため息をついた。昨日からこういうことばかり考えている。昨夜はオークションの処理で忙しかったから深夜までそれどころではなく過ごしたけれど、今夜はちょっとあらぬ方向に熱中してしまいそうだ。

「熱心だね」

不意に隣に人が腰かけた。

「小栗《おぐり》先生」

「浅見《あさみ》、フレスコやってたっけ？」

目の前に広げられた絵入りの事典を見て、拳《こぶし》を口許に当てた小栗教授が首を傾げる。

「あ、いえ、何となく見ていただけで」

気まずく思いながら本を畳んで、硅太郎は小栗教授を振り返った。

「何か御用ですか？」

「ううん。たまたま姿を見かけたから声をかけてみただけ。チケットを使う予定はできたかい？」

「いいえ、おかげさまで。うちの家宝になる予定です」

硅太郎が答えると、小栗教授は笑っていた。課題を期限内に提出しつつ卒業を迎えるのが最低条件だ。頑張ろう、と思ったとき、思いついたことを小栗教授に訊くことにした。

「あの……、瀬名《せな》銀示のレポートですけど」

「まあ今後も構内で擦れ違うことでもあったら、声かけといてよ。できるだけソフトに」

「いえ、そうじゃなくて、いや、そのことなんですけど」

レポートを出せと声をかけ続けろと小栗教授は言うけれど、絶対に出ないし、出せない理由もある。だからといって《できない》ことを許されるのは見捨てるのと同じだ。手段があるならなんとかしてやりたい。

「レポート、代筆じゃダメですか？」

「代筆？」

頬杖の小栗教授は片眉を上げて硅太郎を見た。

「はい。瀬名、日本語書けないし。だからといって英語も得意じゃないみたいで」

言葉を丸めてみたが、実際のところ《文章が書けない》だ。教育を受けていないのだからしかたがないし、母親と二人きりで外に出る気がなかったとしたら話し言葉ばかりで、銀示に文章にするための日本語や英語を教えなかったのだろうと思う。

「アイツの意見を聞き取って、俺が文章に起こします。それじゃダメですか」

訊ねると小栗教授は数秒考えて答えた。

「まあ、それでもいいけど……。しかし、随分瀬名に親切だね？」

見透かすように言われて、どきっとしたが、これは昨日の銀示との約束とは関係ない。正当で合理的な提案だ。

「俺は、アイツの絵が好きですし、アイツが何を考えてるか興味があるんです。俺も絵を見る勉強になりますし。課題のテーマについて、瀬名と話して、俺が文章を書く。それでいいならやります」

「なるほど。瀬名と僕が助かって、君も楽しいと。一石三鳥というやつだな」

「そうなりますね」

「わかった」

と言って小栗教授は手を叩《たた》く寸前でやめた。図書館だからだ。無駄なところに芸が細かい。

「浅見の代筆は認めよう。ただし、将来、瀬名の意見として発表される可能性もあるから慎重に」

「はい」

多分このままでも会う約束はすると思うが、銀示と確実に会える口実がほしい。小栗教授に言った理由も本当だが、まだ片思いに似た恋しさも下心として存在するのは本当だ。

我ながらいいアイディアだと思っていると、小栗教授が頬杖《ほおづえ》のまま こちらを見つめていた。

「瀬名って面白い？」

「ええ。魔法使いみたいです」

「へえ。どんな感じ？」

空中を一心になぞっていた銀示を思い出して硅太郎は答えた。

「空気に虹が描ける人」

小栗教授は意外そうな目で自分を見ていた。確かに信じがたいことだが本当なのだ。どう説明しようかと考えている硅太郎に、小栗教授は言った。

「浅見、案外ロマンティストだったんだねえ」

「そ、そんなことないですよ。本当に、彼、空中に絵を描くので」

小栗教授が感心していたのは、空気に絵を描く銀示にではなくて、銀示の絵や行動に釣られたように抽象的な説明をする硅太郎にのようだ。しかし銀示のことは本当だ。信じないつもりなのかと抗議の言葉を返すと、

「いやそうじゃない、楽しみにしてるよ」

と言って彼自身が役者のように、キザに肩を竦《すく》めて見せた。

「戯曲のようなレポートが読めそうだ」

なんで人のサンプルを遠慮なく踏むのだろう。

家の中をうろうろと歩き回る清水《しみず》の背中を銀示はじっと眺めていた。清水は椅子から垂れ下がった服の裏や、カーテンの裏を調べながらイライラとした声で言う。

朝一番で清水がやってきた。絵がほしいと言ったが、先日一つ渡したばかりだ。出せる作品はない。

「他に絵はないのかな。けっこういろいろあるって聞いていたし、君も新しいのを描いたよね？」

「まだ途中」

離れた場所から聞いてくる清水に短く答えた。一番最近出来上がった絵は清水が持っていった。新しい絵は二枚。学校のアトリエで描いている花の絵と、昨日描き始めた月の夜の絵。花の絵は大湊《おおみなと》教授から何かの展覧会に出品すると言われていたし、月の絵はしばらく手元に置いておきたい。

「君が描いた幼い頃の絵だって家具屋に持っていったらいくらかお金になるんだ。ほんの少しでも自分で稼ぐ気持ちがないと困るんだよ。銀示くんのお母さんが描いた絵も一枚もないのか？」

「知らない」

「是孝《これたか》さんが持っていったんだな？　どこに行ったんだ」

「わからないよ」

父は自分や母の絵が出来上がるたび、会社の壁に飾ると言って絵を持ち出していたが、そんなにたくさん絵を飾るところがあるのだろうかと思っていた。父が死んだからと言ってそれらの絵が戻ってくることはなかったし、行き先も知らない。

しゃがんで物の間を掻き分けていた清水は立ち上がり、腰に手を当ててため息をついた。

「とりあえず、その絵、学校に出さないで取っといてね。一応銀示くん、絵が描けるんだから、学費のことだって甘えてばかりいないでくれ」

「うん。俺の絵はいくらになるの？　何枚描けば足りるの？」

最近清水は学費のことをうるさく言うが、生活費はしかたがないとして、学校ではそんなにお金を使っていない。春にまとまったお金を払ったと随分言い聞かせられたが、それの他にもまだお金がかかるのだろうか。

「俺を疑う気か？　金なら渡したよね⁉」

清水が絵を持っていくとき、清水は金をくれる。どんな大きさの絵を渡しても一万円だ。最近それもくれたりくれなかったりだった。

「うん……」

銀示は学校に行きたいと言った覚えはない。周りにすすめられ、明日からここに通えと学校に入れられた。楽しいことは何もなかった。道具はよく揃《そろ》っていて満足だったが絵なら一人で描いていればいい。文字を書いた紙と好みではない形のトロフィーをくれるだけの《賞》もよくわからない。

そんなところに清水に迷惑をかけ、自分が描いた絵を吟味する間もなく、次々に手放してまで通わなければならないのだろうか。

「……」

もう行きたくない。そんな言葉が喉《のど》まで込みあげたが銀示は堪えた。硅太郎に会えなくなってしまうかもしれない。もしも清水に学校を辞めたいというなら、硅太郎が学校を辞めても会ってくれると約束したあとだ。

床に重ねた空き缶に目を落としていると、室内をうろうろしている清水が呼びかけてきた。

「ねえ。この絵。売ろうよ」

清水が指さしているのは、母の肖像画だ。

清水は、額の中を覗き込みながら言う。清水はこれが母の自画像だと知っている。弁護士が勝手に喋《しゃべ》ったらしい。

「絵より写真のほうがいいよね？　お母さんの写真なら渡したよね？」

「駄目」

父の携帯電話から抜き出したという母の写真を現像したものを弁護士に渡された。それはそれで恋しかったけれど、写真は姿を映しただけのものだ。心は少しも入っていない。

「素人《しろうと》の絵だけど、かわいいからアンティークショップとか、高級住宅地の家具屋とかに持っていくとお金になるかもしれない。いいじゃないか。こんな散らかった部屋に飾ってたってお母さんがかわいそうだよ」

「駄目だ」

手を伸ばそうとする清水より先に、銀示は机の上から額を奪うようにして取り上げた。そのまま部屋を飛び出し、ベッドのある部屋に飛び込む。

「銀示くん！」

嫌そうな声が自分を呼ぶがもう耐えられない。

額を抱きしめて、銀示は部屋の隅にしゃがみ込んだ。

「ママ。……ママ……！」

行き先がわからない。どうやって生きてゆけばいいのか想像もできない。

——春になったらお外に出ましょう。

とてもいいことのように母親は言ったけれど、そんなのは嘘だった。

——ないしょよ？　銀示。あのね、もしもパパとママがいなくなったら……。

この絵を銀示のものにしていいと言ったとき、母親が囁いたことがある。だがそんなのは無理だ。絶対嫌だ。予言のようなあのときのことなんて思い出したくない。

「嫌だよ、ママ」

暗い部屋の中、ベッドと壁の隙間《すきま》にうずくまり、涙をぽとぽと落として銀示は泣いた。昨夜、硅太郎が電話番号をくれたけれど、ちゃんとボタンを押して受話器を取ったのに、どうしても硅太郎に繫《つな》がらない。

どうしても学校前の横断歩道が気にかかる。

また銀示が待っているのではないかと早めに出かけてみたが、昨日は銀示の姿はそこにはなかった。あの日の銀示のように硅太郎も横断歩道の前でしばらく待ってみたが銀示は現れない。

相変わらず道路は殺伐とした灰色で、川のように横たわり、美術の世界と自分たちとを分けている。

学校が終わったあと、アトリエを訪ねてみたがやはり銀示の姿はなかった。帰りも横断歩道のところでしばらく行き交う車を眺めながら銀示の姿を探してみたが、やはり銀示はやってこなかった。

あのアトリエで絵に夢中になっているのだろうか。それともカレーを食べすぎて腹でも壊したか。携帯電話を確認するが見知った番号の着歴しかない。

そうか目の前でこれにかけさせれば、銀示の家の電話番号がわかる。そういう方法があったんだと思いながら、駅から部屋へ向かう細い路地を歩いていたときだ。

アパートの門の前に女性が立っているのが見えた。バス停も何もない場所だ。こんなところで何をしているのだろうと、目を凝らして硅太郎は驚いた。

「……お母さん」

早足で近づく。母もこちらに気づいて、疲れていそうな足取りで歩み寄ってきた。普段あまり外出しないひとだ。内気なひとで、一人でうろつくことすら珍しい。

「硅太郎。どうして電話に出ないの」

母は自分を責めるが、電話に出ない事情なら話したはずだ。学校を辞める気はない。実家に戻って会社を継ぐ気もない。歴史はそこそこにある企業だから有能な人材はあるはずだ。お飾りでいいから親族の中から社長をと言うのなら、姉の子どもにでも継がせればいい。

「とりあえず中へ。散らかってるけど」

テレピンのにおいを嫌がって、こんなところには入りたくないと言っていた母だが、道路に立たせておくわけにはいかない。十分くらい歩かないと喫茶店すらない場所だ。

「さあ」

母を促したとき、母は硅太郎のエスコートを嫌がるようにして立ち止まった。深刻な表情だった。

「お母さん？」

「お父さんが倒れたの」

「お父さんが？　いつ？」

「一昨日よ。心筋梗塞《しんきんこうそく》で命に別状はないけど、入院ですって」

「……それは悪かった。ごめん」

そんなことになっているとは思わなかったから、ここ数日、実家からの電話には出なかった。

「それで、お父さんはどうなの？」

「安静とお薬で大丈夫だそうだから手術はしないけど、一ヶ月くらい入院ですって」

「そう。週末にでも見舞いにいくよ」

宥《なだ》めるように硅太郎は母に答えた。

父に会うのは気まずいが、そんなことを言っている場合でもない。自分が家を出たことを怒っている父が自分を見て体調を悪くしなければいいのだが、とそればかりは心配しながらハンカチを握った母の手を見る。もともと痩せた人だったが、こんなにしわがれていただろうか。指はこんなに細かっただろうか。しおれた声で母が言った。

「お父さん、硅太郎に帰ってきてほしいって」

「お母さん。それは……」

「どうしても硅太郎に帰ってきてほしいって」

硅太郎の言い分も聞かず、それを伝えに来たとばかりに母親は重ねて言った。

「おうちで絵を描いてもいいの。どうして駄目なのかしら、硅太郎。趣味じゃ駄目なの？」

「だから、俺は」

「硅太郎が帰ってきてくれるなら、お母さん、絵の具のにおいも我慢するから。どうしても今の学校をやめられないの？　お父さんには絶対硅太郎を叱らないように、お母さんから言っておくから」

「急に返事をなんて無理だよ」

自分の生き方を曲げたくないのは変わりがないが、こんなに弱っている母親を無下にもできない。

眉根に皺《しわ》を寄せて、ぎゅっとハンカチを握りしめている母に問いかけた。

「部屋で休んでいく？　少し話そうか」

訊ねると母親は力なく首を振った。

「用事はそれだけよ」

「そう。それならタクシーを呼ぼう。週末には行くから。電話にも出る」

「お願いだから考えてちょうだい、硅太郎。このままお父さんが退院できなかったら会社をどうすればいいのか……」

「そんなことないよ。先生は命に別状はないって言ったんだろう？」

母親を宥め、タクシー会社に電話をかけた。タクシーの到着を待つ間も、彼女は何度も硅太郎に趣味で絵を描くのと学校で絵を描くのはどう違うのかと訊ねた。

硅太郎は曖昧《あいまい》な答えを返し、学校は辞められないと答えたが、自分の中でも理由はひどく曖昧になっていた。

アパートの門の前で母親を乗せたタクシーを見送った。

母の説得を撥《は》ねつけ続けるものの、自分の絵の才能など、本当はとっくに見切っていた。

母を見送ったあと、硅太郎はぼんやりと自室の椅子《いす》に座っていた。目の前には名画を模写したキャンバスがある。今まで上手《うま》い絵をマネして技術を磨けばきっと絵も上手くなるのだと信じていたが、銀示を見ているとと根本的にこの方法が間違っているのがわかる。模写して上げられるのは技術と要領だけだ。肝心の自分が思うところの《絵》というやつはその人の心の中心から生まれ出る種なのだろう。それが技術という水と練習という養分でキャンバスの上で花開く。肝心の種がなければいくら水や養分を与えてもしかたがない。

いくらうまく模写をしても、これは絵とはなり得ない。技術と創作力は寄り合うが、決定的に別物だ。技術ばかりがあっても絵にはならない。

それにしたって腕が上がったものだと、硅太郎は自分が模写した絵を見て弱々しく苦笑いをした。自分は画家ではなく、贋作《がんさく》師にでもなるつもりでいたのかと思うような出来映えだ。

今日明日は無理だが――。

ゆるやかに諦めの形のようなものが湧いた。絵を描き続けたい。自分が描けなくとも絵に携わってゆきたい気持ちも変わらない。だが、才能がないとすでにわかったのに、気弱になっている父母を泣かせてまで美術一本にしがみつかなければならない理由がもう見つけられない。

帰らなければならないのだろう、と硅太郎は思った。これから心を整理して、両親が望む大学へ入学しなおすのに少しでも有利な手続きはないか学校に訊いて、できれば最後にもう一作仕上げたいと思うし――銀示にも何か、言わなければならない。

そう思ったとき、携帯電話が鳴りはじめた。

母だろうかと思って、パネルを見ると『コウシュウデンワ』と表示がある。

「もしもし？」

名を名乗らずに電話に出てみると、聞き覚えのない、明るい女性の声がした。

『あっ、誰か出たよ？』

「……もしもし？」

悪戯《いたずら》電話かと、声を厳しくして問い直すと電話の向こうで硅太郎そっちのけで話している声が聞こえる。

『名字は何て言うの？　何て言ったらいいの？』

隣に誰かいるようだ。受話器を手で覆っているのかごそごそと音がするが、女性の声が大きいから筒抜けだ。不意に声が近づいた。

『あのね、ガイジンさんが、電話のかけ方がわからないって言うの。変わるね？』

まさかと思った。

『硅太郎……』

元気のないしょげた声は、銀示だ。

「どうしたんだ。どこにいるんだ?」

身を乗り出すようにして硅太郎は訊いた。

『わからない……。ここどこだろう……』

銀示が呟くと『うるおい商店街よ』と先ほどの女性の声が聞こえた。駅の近くの商店街だ。

ブー。とコイン切れのブザーが鳴る。

『何か音がした』という銀示の離れた声と、『十円玉入れて。早く早く。ああ、そこじゃないってガイジンさん!』と声がしている。

「そこで待ってろ、銀示」

硅太郎はそう言って立ち上がった。通話は繋げたままだったが、十円玉が切れたのかすぐにツーツーという音に変わった。

商店街はすぐ近くだ。走れば五分もかからない。どうして、と思った。駅の名前を教えたからだろうか――メモを残したレシートを見て訊ね歩いたのだろうか。

きょろきょろしながら商店街に駆け込んだ。通りのどこかで公衆電話を見かけたような記憶がある。どこだったか――。

夕方で混みはじめた商店街に銀示の姿を見つけた。ボックスではなく店の前にある剥《む》き出しの公衆電話の前で、女性二人と何かを話している。

「銀示！」

名前を呼ぶと銀示がこちらを向いた。すぐに二人の女性も。

「お迎え？　よかったわね」

女性に励まされている銀示の側まで行った。自分の母親くらいの年齢の女性たちで、どちらかといえばじめじめとした母と違い、はつらつとした人のよさそうな感じの女性たちだった。

「ありがとうございました。お世話になりました」

硅太郎が頭を下げると、女性たちは声を揃えて「いいえー」と言って笑った。

「今度は迷子にならないようにね。よい観光を！」

硅太郎が到着するまで銀示の側にいてくれたらしい。銀示はすっかり外国旅行者扱いだが、とにかく無事でよかった。遠くで振り返る奥さんたちに、硅太郎はもう一度頭を下げた。

「どうしたんだ。こんなところで。電話をくれれば会いに行ったのに」

「電話がかからなかったんだ」

「……そうか」

あのとき確認しなかった自分が悪いと硅太郎は反省した。《かかったことがある》というから繋がると思っていたが、未払いなどで止められている可能性もある。

「何かあったのか」

まさか自分の考えが届いたわけでもあるまいと思いながら尋ねると、銀示は暗い顔で首を振った。

「何でもない。硅太郎に会いたかっただけ」

「うちに来るか？」

訊ねると銀示は首を振った。そしてぽつりと呟く。

「どこかに行きたい」

どこへ、と訊いても意味がないことを何となく硅太郎は理解した。初めから銀示は繰り返すのだ。

――どこへ行けばいいのかわからない。

「わかった。どこかへ行こうか。銀示、飯は？」

訊ねると銀示は黙って首を振る。いらないという意味か食べていないという意味かわからなかった。丁度商店街だったから総菜屋で二個入りのおにぎりのパックと揚げたてのコロッケを買う。

バス停まで歩いてベンチに座った。

秋の風は少し肌寒かったが気持ちがよかった。白い紙袋にはいったコロッケの熱さが引き立つ。

「これはなに？」

がじがじした衣を前歯で齧《かじ》って、銀示が訊いた。

「コロッケ。よくコンビニで売ってるだろ?」

「味が違うよ」

「まあ、人気の店だから旨いよな」

ほくほくのジャガイモと多めのミンチ。しっかり利いた塩コショウと肉の脂のにおいが食欲をそそる。タウン誌によく載っている店だ。肉屋と連携しているからコロッケが旨くて、一日四百個売れるという触れ込みだったか。

丁度食べ終わる頃、バス停にバスが入ってきた。あれに乗ろうということになった。

目の前で折りたたみのドアが開く。中は夜の蛍光灯の光に満ちていて、銀示を先に乗せ、硅太郎はあとから乗って、番号札を二枚抜いた。

短いアナウンスのあと発車だ。

バス独特の揺れによろめきながら、目の前の二人掛けの座席に座った。

他に乗客はおらず、客は二人だけだ。車両の一番前の、番号と運賃が掲げられている電光掲示板を見ると《××公園経由××駅前行き》と書いている。

ゆさゆさした揺れの中、呼吸をするようなエンジン音に耳を傾け、長い間無言で過ごした。

窓際に座っていた銀示が、流れていく街灯を眺めながら小さな声で言った。

「初めてバスに乗った」

銀示の家と学校の往復ならバスに乗る必要はない。幼稚園バスも、修学旅行や友人たちと映画を見にゆくくらいの路線バスも、多分銀示には無縁だっただろう。

「そうか。電車は？」

「硅太郎と乗ったのが初めてだった。一人で乗ったのは今日が初めて」

「……そうか」

前回は、自分が切符を買ってやった。見よう見まねで電車に乗ったのだろう。

都市部を抜け、軽い唸《うな》りを上げながらバスは暗い坂道を上り始める。街灯の間隔が遠くなっていって、丁度それが途切れた頃アナウンスがあった。

銀示に停車のボタンを押させる。「次、停《と》まります」と機械の音声が言って、バスは停まった。

「降りようか」

硅太郎は座席を立った。

ぷしゅー、と空気音を立てて開く扉を見ながら、二人分の賃金を底にローラーがついた箱の中に落とす。

運転手が言った。

「今からだったら帰りのバスがありませんよ？」

「大丈夫です」

前のバス停までは歩ける距離だし、周りには24時間営業のファミリーレストランやガソリンスタンドもあった。

銀示と公園に向かった。小動物とのふれあいと花をメインにした公園で、ここに花見に来るサークルがあると聞いたことがある。

門は開放されていて、奥へ進むとシャッターが降りた土産物屋がある。その奥は動物のコーナーだが、ここの門は閉まっていた。

何もない公園だ。月ばかりが明るくて虫の音が聞こえてくる。整えられた小径《こみち》を道なりに歩いた。

「何かあったか？　銀示」

商店街で銀示を見つけたとき、泣きはらしたような顔だった。バスに乗っているときはまだ目許に赤味が残っていた。

「何でもない。硅太郎も元気がない」

「そうかな」

「うん」

絵の道を諦めるかどうか。銀示に相談するかどうか悩んだが、続けた方がいいと言われても続けられないのは自分が一番よく解《わか》っていたし、才能がある銀示に辞めたほうがいいと言われたからといってすぐに頷けるほど、自分にとって絵は軽々しいものではなかった。

「考えごとはあるけど……俺も何でもないよ」

家族関係が複雑な銀示に、父が倒れたことを打ち明けても彼も答えようがないだろう。

まっすぐ歩くと池に辿《たど》り着いた。柵《さく》が閉められ桟橋は柵の向こうに伸びている。

柵に沿って、右側に迂回《うかい》することにした。柵が終わったところにある垣根を越える。

太い枝の切り口に足をかけさせ、銀示に垣根の上を越えさせようとすると、落ち葉の上に何かが落ちた。銀示が向こうに足をついたのを見届けてから、それを拾い上げる。

「……飴《あめ》？」

一個ずつ包装されたキャンディだ。銀示に見せると、ポケットからもう一つ同じものを取り出す。

「さっきの女の人がくれた」

商店街で銀示を助けてくれた人たちだ。

「そうか」

「食べる？」

銀示が訊くから「いただく」と言って、すぐにギザギザのところから破って飴を取り出し口に入れる。銀示も目の前で同じようにした。

「ミント味」

少し懐かしい感じのペパーミントだ。

「ミントって何？」

「葉っぱ……かな」

「葉っぱ味なの？」

銀示が変な顔をする。

「木の葉っぱとはちょっと違うが、葉っぱから作れる香りとか味でできていると思う」

「ふうん……？」

歯でカラっと小さな音を立てさせながら銀示は不思議そうに相づちを打った。硅太郎も垣根を越え、まばらな林になっているところに踏み込む。木陰はよけいに虫の音が響いていた。スズムシだろうかコオロギだろうか。《クツワムシ》ってどんなのだったか、と考えていると銀示が言う。

「いつも外から聞こえる音。これ、何の音？」

「虫の音」

「へえ。どんな色？　大きいの？」

「黒とか茶色がおおいかな。そう大きくはないよ」

感心したように言うが、虫を探すとは言い出さないようだ。

「硅太郎」

「何だ」

「今夜は、この飴みたいな味がするね」

すっきりとした甘さはどこか寂《さび》しい風味がする。ミントのすっと蒸発してゆく感じと秋の風は、そう言われてみると似ている気がした。

池を半周すると、小さな小屋があった。スコップや一輪車が立てかけてある。管理小屋らしい。

管理小屋を過ぎると、小さな桟橋があった。桟橋の先端にはボートが繋がれている。

「これは何？　スプーン？」

先に桟橋に出た銀示が、ボートを覗きながら言う。黒い水面に浮かぶボートには枯れ葉が溜まっていて、確かに池という巨大な皿からスープを掬ったようになっている。

「ボート。上に乗ると水に浮かべる」

知っていることと知らないことのギャップに戸惑いっぱなしだが、慣れてくると楽しくなってきた。とんでもなく高度な配色を自在に操れるかと思ったら、ボートを知らない。

「乗ってみるか？」

ボートの両端は鎖と鍵《かぎ》で固定されている。だが人の重みで船が沈みこむ感覚や、波紋に揺られる感じは楽しめるだろう。

「うん」

銀示が頷くから、硅太郎が先にボートに移って、中を確かめた。色気のないしっかりしたボートで、塗り替えたばかりなのかまだペンキのにおいがしている。

銀示は、無防備にぱっと乗ってきた。

「わ！」

揺れる感覚にびっくりしたのか、硅太郎にしがみついてくる。案の定だ。支えてやってゆっくり座らせた。

闇《やみ》を溜《た》めた水面《みなも》に、船を中心にした円が、何重にも描かれてゆく。波紋の先を眺めていたら水に映っていた満月が、ゆらゆら波打ちはじめた。

微かに上下する感覚の中、滲《にじ》むように揺れる月を見ていると、昼間の痛みが少し和《やわ》らぐような気がする。銀示もそうだといいと願いながら隣を見ると、銀示は水面の月を見つめたまま呟いた。

「どうやって生きたらいいのかわからないんだ」

この夜にふさわしい哲学的なことを銀示は言うが、言葉遊びでも何でもないのを知っている。花の種を抱えながら未来を迷う銀示と、水と養分ばかりを持てあまし、捨てなければならない選択を迫られている自分。同じ舟に乗るのはふさわしいかもしれない。行き先は二人とも知らない。この舟も動かない。銀示がぼんやりと言った。

「ゴッホ、っていう人知ってる？」

「一応」

この界隈《かいわい》にいて名前も聞いたことがないと言う人間の方が珍しい、世界で指折りの大作家だ。授業でもたびたび取り上げられ、よほどマニアックな素描など以外はだいたい絵柄は覚えているし、描かれた年代、場所、背景くらいは頭に入っている。

「あの人も、こういう月を見たのかな」

「そうかもな」

確かにゴッホには月の絵が多い。だが、自分が思いだしたのは別のことだ。

醒花亭《せいかてい》という建物だ。京都は仙洞御所《せんとうごしょ》、庭園の南にある。池に囲まれた庵で、美を極めた庭を一望にする場所なのだが中に入れる人間は限られている。自分も中学校のとき、父の仕事の関係で同伴が許されたのが幸運だった。

――夜来月下臥醒花影。（夜来月下に臥し醒むれば花影）

李白の読んだ漢文が、醒花亭の由来だ。雲飛して人の襟袖に満つ、と続く。銀示に与えたヒヤシンスは、どうなっただろう。

「あの月と、氷とどっちが冷たいと思う？」

そう言いながら、水に映る月に手を伸ばす、銀示の襟足をきらきらと月光が弾《はじ》いている。

「あまり乗り出すな。揺れる」

そういえば、李白は月を取ろうとして、水に転落して死んだのだ、と思った途端、硅太郎ははっと我に返り、船の縁から乗り出そうとする銀示の背中を掴んだが遅かった。

「銀示！」

乗り出した方向に船が傾き、頭から滑りこむようにして銀示が水に転落する。反射的に引き上げようとしたが無理だった。舟が傾く。

「銀示！　銀示、落ち着け！」

縋《すが》ってくる手をほどかせて腕を摑みなおし、頭を水面に上げさせる。

泳ぐことを知らないのか、藻搔《もが》かずただ、縋りついてくる銀示に叫ぶ。反対の腕も摑み、呼吸をさせたら大丈夫だとわかったのか、目を白黒させながら、水の中から硅太郎を見上げてきた。

ずぶ濡《ぬ》れの髪が頬に貼りついている。慌てた呼吸に開く唇が光るのが美しかった。

大人しくなった銀示に、硅太郎はそっと唇を重ねた。自分に支えられながら水に浮かんだ銀示は、睫毛《まつげ》を伏せて大人しくしていた。

「俺と生きてみないか、銀示」

間近で銀示に囁いた。

「どこへ行くのか、俺にもわからないけど、二人で歩いてみないか」

まだ銀示が背負うものがどれだけ重いかわからないけれど、銀示となら遠い未来まで歩ける。二人で迷うならそれでもいいとも思う。

水の中にいるのを忘れたように、自分を見つめたまま、うんと頷く銀示に、硅太郎は「しがみつくなよ?」と言い含めて、右手で、銀示のシャツの背中を握りなおした。

「縁に掴まれ。ゆっくり」

　縁を押し下げたら転覆する。バランスを取りながら舟の上にたぐり寄せるようにして引っ張り上げるのが一番上手く行きそうだった。

　銀示の上半身がボートの縁に上がったところで、硅太郎は銀示の腕を握ったまま、左手で桟橋を摑んだ。船が回らないようそれで支えて、船べりに引っかけるようにしてずるずると銀示を引き上げる。

「黒いから、固いかと思った……！」

　船の上にうずくまりながら、ずぶ濡れの銀示がいかにも銀示らしい言葉を吐くから、硅太郎は呆《あき》れるしかなかった。

「黒くても水は水だ」

「そうみたいだ。でも身体は汚れてない。何でだろう」

　懲《こ》りた様子はまったくなく、池の水を手に掬《すく》って硅太郎に見せようとする。

「墨じゃないから。水は水だ」

「夜が溶けてるのかと思った。底の方に沈んでるのかな」

　黒い水の中をよく覗き込もうとするから、硅太郎は恐くなって腕を摑んだ手に力を込めた。

「恐かっただろう。わかったならもうやめろ」

　李白は酔っていたそうだが、銀示は正気だ。

「うん、でも」

銀示は肩を丸めて俯《うつむ》きながら小さな声で言った。

「さっきのは、本当？」

一緒に生きようと誘った言葉が本当なのか。

月光を吸ったように光る銀示の瞳が自分を見つめるのに、硅太郎は頷き返した。

「ああ。行き場所がわからないなら二人で探そう。もしも見つからなくても俺にはお前がいるし、お前には俺がいる」

多分絵は辞めるだろう。そして多分実家には戻らないだろう。まだ自分に何ができるかわからないが、銀示とともに探そうと思った。目標も意欲さえ見失いかけた自分が親孝行できないことに後ろめたさを感じていたけれど、この気持ちなら両親にはっきり言える。

銀示と一緒に生きたい。美しいものに誠意で添って生きてゆきたい。

「……うん」

濡れた銀示の頬に、新しい雫《しずく》が零れて、硅太郎はその場所に口づけた。

絵が好きだ。美しいものが好きだった。たとえ自分にそんなものが生み出せなくても、側にいるのが銀示ならいいと思った。

「今は何色？」

硅太郎が問うとやはり銀示はつらそうな顔で答えた。

「ローズグレイ」

浅くて渋い苔色だ。確かにびしょ濡れの銀示からは土っぽい池のにおいがする。


Tシャツとズボンを絞って着せて、そのまま歩くことにした。坂道の下に二十四時間営業のホームセンターがあった。ジャージと下着を買う。靴下と、ゴムの継ぎ目にバリが残った安物の靴。あんパンとコーンマヨネーズパン。ここまで買って残金千円ちょっとだ。途中で自動販売機でホットの紅茶と缶コーヒーを買い、休み休みボチボチとした足取りで、真夜中の道を歩いた。

銀示は昔の話をしてくれた。

弁護士たちは父や母を責めるけれど、自分はとても幸せだったと言った。

「ママの本当の家はずっとずっと遠くにあるんだって。そこがあんまり騒がしいのが辛《つら》くなって、遠くまで走ったら知らないところまで来てしまって、パパがかくまってくれたんだ」

銀示の両親の間にどんなことがあったのかわからないが、幸福と罪が紙一重なのはわかる。銀示の母は閉じ込められていたのか、自ら望んで匿《かくま》われていたのかわからないが、銀示をそれに巻き込んではならないと思う。

出口のない温室のような生活と、今の、風が自由に吹き抜けるような寒々しくも自由な身の上では、温室の方が安全な気がするかもしれないが、長い目で見ればいつか崩壊するのは確実だ。もし万が一、あのまま順調だったとしても、両親が先に歳《とし》を取る。たとえ遺産を残していたにしても銀示に対して無責任すぎる。

「硅太郎のパパとママはどんな人？」

「父は頑固で厳しいかな。母は……真面目で少し人の顔色を見すぎる人。俺に対しては少し無神経だけど」

ワンマンな父と、父の命令に怯《おび》えながら一心に尽くす母。小さな頃はおどおどした母と威張り散らす父が愚かに見えたが、あの二人だったから会社を守れたのだろうと今は思う。

「オムレツだけは、上手い人でね」

「オムレツって、どんなの？」

「今度作るよ。卵は平気か」

「たまごかけごはんのこと？」

「……たまごかけごはんは知ってるのか」

「うんおいしいね」

ときどき不意に道路にしゃがみ込んで雑草の観察をはじめる銀示に付き合って立ち止まりながら歩いた。これが道草ってヤツか。語源をビジュアルで見た気がしながら、銀示が飽きて立ち上がるのを待った。

「こんなに長く歩いたのは初めてだよ」

どこから転がってきたのかわからないどんぐりを拾って、ジャージのポケットに入れる銀示が言う。

やはり足首が剝き出しだった。日本の規格が体型に合わないらしかった。ウエストサイズを基準にするとズボンの寸が足りない。

「明日は、休めないような実習があったかな」

言葉の途中で、硅太郎は、ふあ、とあくびを噛《か》み殺しそこねた。明日はさすがに起きられる気がしない。銀示も、今は興奮しているせいで元気だが、一度眠ったら長い時間そのままだろう。今は袋に入れて下げているぱかぱか靴が癖になっているのか、サイズの会う運動靴を履かせても引きずるような歩き方が直らない。

「疲れてる日は休んでいいって、教授が」

「すごいな」

特別扱いの銀示くらいしか言えない言葉だ。

「そういえば、銀示、レポートのことなんだけど」

「あ……何か始まる」

「え？」

まっすぐ続く道の向こうを指さされて、硅太郎が顔を上げると夜の裾《すそ》が微かに白んでいるのが見えた。

「何だろうな」

硅太郎は俯きながら少し笑った。

何が始まるかはわからないが、楽しみなのは確実だった。


その日は結局朝まで歩いて、始発のバスがやってきたから銀示を家の方向に乗せた。乗り込む間際に「覚えたよ」と言うから降りるバス停の名前のことかと思ったら、「受話器を取って、数字を押して待つ、ね？」と言った。電話のことらしい。今まで銀示は受話器を置いたまま、ナンバーを押して受話器を持ち上げていたらしい。それでは電話はかかるはずがない。順番が間違っていると教えてやると、銀示は顎を突き出して「あー」と、ため息か感心かわからない声を出した。理解できたかどうか不安だ。今度銀示の家に行ったら練習させよう。というかバス停の名前は覚えたのかと訊こうと思ったら、目の前でバスのドアが閉まった。窓の奥で銀示が手を振っている。二つ向こうが終点だ。乗り過ごしたってなんとかなるだろうと思いながらバスを見送った。

昨日と今日、自分も久しぶりにバスに乗った。眠気が差し始めた目に朝日の白さが痛かった。眠ってしまわないように気をつけながら、昨日の夕方から起こった怒濤《どとう》の出来事を思い出した。

いろんな話をしたのに、商店街で泣いていた理由については結局よく訊かなかったな。何となく切り出しにくくて話題が回ってくるのが待つうちに、うっかり忘れてしまっていた。レポートのこともよく話せずじまいだ。

家に帰ってシャワーを浴びた。朝九時を過ぎるのを待って実家に電話をかける。母親に「近々見舞いには行くが、学校は辞めたくない」と伝えた。「卒業しても多分家は帰らない」とも。母は『お見舞いはしばらくよして』と言った。『怒ると心臓によくないから』とも言う。このまま勘当されても何も言えない親不孝だ。硅太郎がごめんと謝ろうとすると、母親の方が先に声を出した。

『もう少し体調がよくなったら、お父さんに話してみるわね』

窓辺に置いたヒヤシンスの先端が、なんだか尖っている気がすると思って硅太郎がよく見ると、緑色の芽が覗き始めていた。銀示に言うとさっそく「何色⁉」と鋭く振り向いて訊ねるものだから「まだわからない」と答えて約束していた作業にかかることにした。

銀示からは、渋々だったが了承は貰《もら》えていた。片付けだ。

「銀示。これは？」

これはさすがに違うだろうと思いながら、ゴミ以外の何者にも見えないビニール袋をつまみ出した。

相変わらず銀示の家はゴミ屋敷の有様で、問題はゴミ屋敷ならゴミを捨てて片付けてしまえば解決するが、この家では一見ゴミにしか見えないものの大多数が、銀示には必要なものなところだ。

絵の具で汚れたカーテンは、絵の具を陽の光に透かしてみたかったと言うし、投げる以外に使い道がなさそうな卵より大きめの石は「そんな手ざわりの石なんて滅多《めった》にないのに！」と非難された。錆《さ》びて曲がった看板の破片は、腐食したところから漏れる光が最高と言うし、転がりっぱなしのインク切れの水性ボールペンに至《いた》っては、ゲルインクを押さえる透明の液体の水面のカーブに勝る美しさはないという。理解できるようなできないような、だ。理解したらこんな部屋になると言われたら、謹んで断ろうと思うような美意識だった。

そしてもう一つ難易度の高いのが、この中に本当のゴミも交じっているということで、それは案外、きれいだなと思うパッケージや絵はがき、ガラスの破片だったりする。ほとんどクイズの領域だ。

だがこの油揚げの袋だけは自信があった。ただの四角いビニール袋に黒一色で「きつねもびっくり！」と書いてある。商品名らしいがロゴの書体も、ＯＳ付属のロゴソフトで作ったような残念さだった。

「それも駄目」

キャンバスをいろんな距離からチェックしていた銀示が、視線の端でちらりと見てから面倒くさそうに言う。

「キッチンに行ってそれに水を入れてみて。横の点線の穴からぴゅーって出る水を見てたら涙が出るから」

「………いや、多分出ない。……いや、出るか」

感動ではなく、無常を感じて。

「じゃあこれも取っとくんだな？」

と言って他の部屋から持ってきた小物入れにしまう。捨てないまでも整理はするべきだ。小物入れが抽出とバラバラに散らかっている状態はおかしいと思う。

次、と思って手に触れるものを引っ張ってみたら、今度は玉ねぎのネットが出てきた。また難易度の高いものを……。と、頭を抱えそうになったときだ。

チャイムが鳴った。銀示を見るが銀示は動こうとしない。

またチャイムが鳴る。が銀示は無視するつもりのようだ。

他人の家の来客に口を出すつもりはないが、方針くらいは訊いておいたほうがいいかもしれない。

「お客さんみたいだけど？」

硅太郎が訊ねると銀示は不機嫌な顔をして答えた。

「清水っていう人だったら《まだできてない》って言って」

俺が応対ってことか。と心の中で呟きつつ、「了解」と硅太郎は答えた。相変わらず歩きにくい廊下を跨ぎ跨ぎ歩きながら硅太郎は考える。銀示の口ぶりでは、およそ清水という人に間違いないようだ。来客は多い感じではないし、勧誘系ならとりあえず断る。

玄関に辿り着いた。玄関の鍵はかけてある。

「どちら様でしょうか」

ドアについている、真鍮《しんちゅう》で縁取られた魚眼レンズから外を覗くとスーツ姿の男が見える。男は会社の名前を名乗った。カタカナの社名だ。会社名から業種の想像はつかない。

数瞬悩んで、とりあえずドアを開ける。

玄関の尋常ではない散らかり具合を見れば、一見の客は驚くだろうと思ったが、彼は平気のようだった。

「何の御用でしょうか」

硅太郎が訊ねると、会社員風の男は愛想の悪い顔で、じろじろと硅太郎を見た。

「……あなたが瀬名銀示さん?」

「いいえ」

確かに銀示より自分の方が《瀬名銀示》っぽい。わからないということは初対面ということか。何気なく見た男の背後に、他にも一人男が見える。その向こうもそうだ。何となく嫌な雰囲気だ。

男は少し横柄な口調で訊ねた。

「瀬名さん、いらっしゃいます？　急用なんですよ」

「どのような用事でしょうか」

初めての人間が銀示を急用で呼び出す状況はなかなか思いつけない。

男は、マニュアルのような滑らかさで、ポケットの名刺入れから一枚名刺を取り出した。

会社名の下に《大川《おおかわ》》という名字がある。清水という名前ではない。

「集金です」

名刺に見入る硅太郎に、男は言った。

「何のでしょうか」

新聞屋でもないようだ。電気やガス代はコンビニで支払っていると聞いている。

「清水さんの件で」

鋭い表情で男は言った。清水という男なら追い返せと言われたが、この男の中には清水という男は含まれていないようだ。

「すみませんが、外出中なので、少しあとで来ていただけませんか」

なんだか嫌な予感がする。心あたりがあるかどうか、銀示に訊ねてから応対した方がいいかもしれない。

男は目の前で煙草《たばこ》のケースを取り出した。

「ああそうですか。それならここで待たせていただきます」

大川は、ケースから一本取りだし口にくわえようとして、硅太郎の背後に視線をやった。

銀示が立っている。不思議そうな表情だった。銀示も知らない相手なのか。

「誰?」

奥から大川に問いかける銀示に嫌な予感しかしなかった。

「瀬名銀示さん?」

「そうだよ」

銀示が答えると、大川はほっとしたような顔をした。

「すみませんが、清水良二《りようじ》さんの借金の件で」

わからない自分よりもっとわからなそうな顔で、銀示が奥に立ち尽くしている。


——今日はまず、お話に来ただけですので。

と言って、大川たち三人連れは玄関前に横付けした黒塗りの車で去っていった。

「どういうことなんだ、銀示。清水さんって、何の人?」

硅太郎も同席を許されて、大川の話を聞いた。大川は銀示の汚部屋に土足で上がりそうな何でもなさで家に入ってきて、紙がばさばさに散らかったソファに平気で座った。

彼の話は簡単だった。清水という男に借金があり、この家が担保に入れられている。銀示が保証人にもなっているからお金を払ってほしい。金額はこの家を差し出したとして、残り現金三百万円だ。

大川たちが帰ったあと、応接室に戻ってソファセットに座って事情を聞くことにした。

「清水さんはパパの従兄弟《いとこ》なんだって。コウケンニン、とかいう」

そんなのがついていたのかと硅太郎は驚いた。銀示のこの生活を見るかぎり、何も後見されていない気がする。

「弁護士に相談した方がいいかもしれない。できれば急いで」

銀示には世話を焼いてくれる国選かボランティアの弁護士が付いていると聞いている。銀示はまったく把握していないようだが、この家の名義が誰か、銀示の後見人として清水がどれだけ銀示の資産に影響を及ぼしているのか、急いで確認したほうがいい。

「弁護士の連絡先は？」

「わからない」

「名刺をもらわなかったか？　こんなの」

と言って大川の名刺を見せる。

「覚えてない」

銀示は答えた。銀示の心に留まる名刺デザインではなかったと言うことだ。ということはだ。弁護士がこの家を訪ねたということは、この部屋で会っていただろうと硅太郎は推測した。となると名刺はこの紙の海のどこかにあるはずだ。短い間に研ぎ澄まされた硅太郎の勘では、記憶に残らないような普通の名刺を、銀示はアトリエまで持っていっていない。

たまに気まぐれを起こすゴミ袋の中に入れられていないようにと願いながら、机の近辺を掘り返してみると、わりとあっけなく名刺は出てきた。渡辺《わたなべ》と言うらしい。

すぐに電話をかけてみた。銀示の友人だと名乗って、先ほどの出来事を喋った。弁護士は清水を覚えていて、すぐに「ああ、瀬名さんの後見人さんね」と言った。そして「僕らは、自立を支援するだけで、普段あんまりそういうのには関わってないんだけど」と薄情な前置きをしてからアドバイスだけは丁寧にくれた。

『瀬名くんをつれて、銀行で残高証明を取って。残高がおかしかったら入出金を止めてもらって、通帳再発行の手続きをして、それを持って弁護士事務所へ。その大川という男は書類の写しを置いていかなかったかい?』

「いいえ、何も。ただ家が担保に入っていると。あと、銀示が保証人だとも」

『まあ瀬名くん、五月で二十歳だったからねえ……。何か書類を書いた記憶はないの?』

「ないそうです」

『そうか。印鑑もその清水さんが持ってるだろうし、瀬名くん日本語書けないから書類は偽造だろうけど、それを証明するまでちょっと時間がかかるなあ』

渡辺弁護士は少し考え込んで、とりあえず、と切り出した。

『まずは銀行へ行ってきて。その大川さんの会社はいわゆる個人ローンで、個人ローンに留まってくれればいいんだけど、もっとマズいところの人かもしれない。そのときは僕はそっちの専門じゃないから』

「でも誰か別の弁護士を紹介してもらえますよね？」

『それは当然。ただし瀬名くんの保護の件とは別件になるから、通常の費用がかかると思うけど』

少し無責任なことを言って、渡辺弁護士は通話を切った。

「銀示、銀行へ行こう」

大川たちと連絡を取るわけにはいかないから、こっちでわかる範囲の事実を摑むしかない。

「清水さんの連絡先を教えてくれ。銀示が嫌じゃなかったら、俺から話させてもらう」

銀示の生活の面倒を見ている人が、もしかしたら銀示の預金を使い込んでいる可能性があるというのだ。

「知らない」

と銀示は言う。

「あの人は、自分から来るだけだから」

「後見人なのにか」

「そう。《俺は関係ない》んだって」

後見人という立場だけを得て、銀示に電話のかけ方すら教えず放り出したのか。ふと思い当たって硅太郎は訊ねた。

「初めてこの家の近くまで来たとき来てたお客さん。あれが清水さんか」

「そう」

「何をしに来てたんだ?」

「普段はパパが残したお金を持ってきてくれるだけなんだけど、その日は、俺の絵がほしいって」

「売ったのか?」

「うん。お金がいるって言うから」

「一枚か」

身を乗り出して問いただすと、銀示は「全部」と答えた。

「あの日は一点だったけど、その後何回も来たんだ」

それでか、と、銀示のアトリエに作品が一枚もない理由に納得がいっても遅すぎる。

銀示は困った顔をしていたが取り乱しもせず、淡々と説明した。

「お金がいるならしかたがない。ママの絵も売れって言われたけどそれは断った。大事な絵だから」

「当然だ！」

母親の形見にしているような絵まで売れと言うなんて何を考えているんだと、腹が立った。

「銀示、お前、そんなに金が必要なのか？」

「わからない。弁護士さんはパパの遺産があるから大丈夫だって言ってたけど、清水さんは見えないところでいろいろお金がかかるって言う」

口座の残高を調べろと言っていたのはこういうことか。

「残念だが、多分、嘘だ」

銀示の生活を見るかぎり、一日二食のコンビニ、菓子は菓子本体よりもパッケージに興味があるようだ。家電は最低限、絵を描かないときは日暮れと共に眠っているらしい。家の中にはガラクタばかりで金がかかっていそうなものはない。引きこもって絵ばかりを描いているし、一番金のかかる絵の具の半分は教授もちだ。弁護士から遺産と呼ばれて残高を確認しろと言われるほど金があるなら、こんな生活では減らそうと思っても簡単に減るものではない。

もう一度渡辺に電話をかけて、清水の連絡先を聞いた。銀示にしか教えられないと言うから、電話口で復唱する銀示の声を書き取った。

清水に電話をするが出ない。切らずに待つと男性が出た。

『急用かな、と思いまして。私は清水さんじゃないんですが、どなたですか?』

質問の意味がわからなくて戸惑う硅太郎に、彼は言った。

『私、清水さんの貸付金の債権者なんですわ。平たく言うと、清水さん、夜逃げされたみたいなので、あなたもお金を貸しているならちょっとこっちに来たほうがいいですよ。今、銀行の人もいますから』


弁護士と連絡を取りながら清水の家に行く。清水の家はまだ新しい一戸建てだ。清水の借金に関係ある人々は近くのファミリーレストランに集まっていた。いたのは四人で、銀行員が二人、ローン会社と個人金融業者だった。彼らは銀示の容貌《ようぼう》をびっくりしたように眺めてから、「ガイジンさんならしかたがないなあ」と被害者らしい銀示を見てそれぞれため息をつく。若い銀行員が切り出した。

「清水さんと一週間以上、まったく連絡が取れなくて、万が一のことがあってはと警察に連絡をして、家の中を見てもらいました」

「そそ。そこに丁度行ったのが僕らで」

口を挟むのはローン会社の男性だ。

「そこの前を、うちの行員が通りかかって担当の僕に連絡が」

と言うのはもう一人の朗らかそうな銀行員だ。

「で、警察に中を改めてもらってるところに、瀬名さん？」

「いえ僕は浅見です」

「そう浅見さんから電話がかかって俺が取った、と」

分厚い金の指輪を塡《は》めた個人ローン会社の男が言った。若い銀行員が説明をする。

「結論として夜逃げです。こういう状況ですから、当行の他にもいろいろお借り入れがあったみたいで」

と言って個人ローンの男をちらりと見る。ここにいる彼らはもしかして、いきなり保証人の家を奪おうとする大川たちの存在を知らないのかもしれない。けっこうひどい借入額を予想したほうがよさそうだ。

「すみませんが、皆さんの中に、瀬名という人が保証人になっている借り入れはありませんか？　彼、本人です」

硅太郎が切り出すと、「ああうち」と個人ローンの男が言った。そして改めて「この人⁉」とも。

聞けば、高級車が買えるくらいの金額だった。

少しの情報交換をして、店を出ることになった。その足で銀行へ行き、残高を聞くと数千円だった。銀示名義の預金は他にないらしい。

少なくとも銀示は一千万円以上の借り入れの保証人となっていて、あの家が担保に取られている。

保証人になった覚えはないのだから、保証人の件についてはいずれなんとかなるかもしれないが、清水が銀示の遺産を使い込んだのはほぼ確実だろう。金融業者たちの会話の中で漏れ聞くところによると、清水家は夫婦ともベンツに乗っていたという。

「とりあえず帰って、渡辺先生に相談してみよう」

集めてきた情報を吟味して、行くべき場所くらいは教えてくれるだろう。

銀示と一緒に銀示の家の前まで帰ってくると、電話が鳴っていた。銀示が出る。銀示は「わからない」と何度か繰り返していた。

通話を切ったあと、銀示はぼんやりと俯いている。

「どうした」

硅太郎が訊ねると銀示は沈んだ声で答えた。

「九月に払う学校のお金が払われてないって。払えなかったら学校を辞めることになります、って」

「大学の事務室からか」

「多分」

硅太郎は自分の学費の金額を知らない。母から「後期分も払った」と連絡をもらって礼を言っただけだった。百五十万円の掛け軸がほしいと言っている場合ではなかったのかもしれない。

ペットボトルのおまけについていたパックの緑茶を淹《い》れて二人で飲んだ。銀示がマグカップで手を温めながら言う。

「いいんだ。学校に行きたいと思ったことはないから」

弁護士たちが介入しているあいだは、銀示の社会復帰計画は順調だったらしい。戸籍がなかった銀示をこの街の市民として登録し、病院で身体の検査を兼ねて日常生活の可不可を判断する。銀示が日常生活をする上で必要な料理など、足りない部分はケースワーカーが指導し、飛び抜けて美術の才能があることに気づいた彼らが銀示を美大に入学させた。そんな状況を知ると、銀示が授業に出られないのも教授陣の特別扱いも当然だと思う。銀示に絵を描かせながら彼の技量にふさわしい賞を取らせ、在学中に後ろ盾を増やして卒業後は芸術家としての道を歩くよう準備を進めていた。ドアの外に新幹線のレールが敷いてあるような、間違わない光速の未来だ。

だが当の銀示は、家を出て三年が経《た》ってもまだやりたいことを見つけられないままだ。銀示にとって絵は、室内にいる退屈な時間の暇つぶしで、唯一の趣味だ。金や生活で苦労をしたことがないから、ありがたみがわからないしそれを欲しようともしない。名声や評価は言わずもがなだ。誰とも競争したことがない銀示には、競争という言葉もわかっていないかもしれない。みとれるほどの美貌すら人と比べたことがなさそうな銀示だった。

硅太郎は迷ったが切り出した。

「俺がこういうこと言うのお節介だと思うけど……。銀示のお母さんのお父さんたちはどこにいるのかわからないのか？」

「お母さんのお父さん？　パパとママのこと？　死んだって話したよね？」

「そうじゃなくて、ママのパパとママだ」

父方の親戚《しんせき》がどうにもならないなら、母方の親戚、祖父祖母がいるのではないか。弁護士は彼らを頼ろうとはしなかったのだろうか。

「ああ、グランマのこと？」

「そう」

「グランマは妖精の仕事が忙しくて、グランパは森で木を切ってるんだ。今もそうなのかは、知らないけど」

「……そうか……」

会ったことがないのが丸わかりな説明だ。銀示にとってもむかしばなしか妖精レベルの人たちらしい。

「でもこのままでいいわけはない。わかってるのか、銀示」

銀示はあまり深刻ではない様子でお茶を飲んでいるが、金はなく、この家もいつ差し押さえられるかわからない。学校まで辞めさせられては教授陣もさすがに銀示を庇護《ひご》しないだろう。一文無しになったたって、男ならなんとでも生きていけるが、保証人の問題がある。偽造が証明できるまで銀示は追及を受けるだろう。

「住むところがなくなったら困るもんね」

他人事《ひとごと》のように、困ったように銀示は笑った。謂《い》わば銀示は人工的な引きこもりだから、衣食よりまず屋根のようだ。

銀示は手のひらで揺らすマグカップの水面を見ながら途切れ途切れに話す。

「ママの絵を、売れたらいいと、思うんだけど……売れるところがないし」

「そういうことは考えるな」

ただ上手いだけの絵など、売れても数千円だ。焼け石に水にもならない。一瞬も凌《しの》げない金額のために、大事な絵を売るのは馬鹿だ。思い出は金にならない。百戦錬磨の質屋が言うのだから確かだった。

「ここを追い出されるのかな」

「そうなったらうちへ来ればいい。狭いが絵は描ける」

においを気にする必要もないし、場所も譲る。

「ほんと？」

微笑みを浮かべて銀示が訊ねるのに、硅太郎は「ああ」と答えた。

「じゃあもう大丈夫。でも球根は持っていってもいい？」

「ああ」

そんなものを差し押さえたって金にはならない。

硅太郎はひとまず部屋に帰ることにした。銀示に電話をかける練習をさせ、硅太郎の携帯電話と通話できることを確認してから、鍵をかける約束をさせて家を出る。

帰宅して自分の預金通帳を確かめてみるが、金額はまだ六十万円を超えたあたりだ。せめて五百万円。銀示が保証人になっている分だけでも返済できればなんとかなる。

「……」

硅太郎はじっと握りしめていた携帯電話を開いた。不在のマークが並んだ列の一つを適当に押す。

実家に金を貸してほしいと頼もうと思った。今さらこんなことを言えた義理ではないが、借りた金はバイトでもなんでもして必ず返す。

緊張しながらコールを聞いていると、不在のアナウンスが流れてきた。

着信拒否か、単に電話が取れなかっただけなのか、それとも病院か何かにいるのだろうか。

心臓を悪くして倒れた父に、借金問題に巻き込まれたから金を貸してほしいと言っていいものだろうか。

硅太郎は携帯電話をたたみ、何となくパソコンの画面を見た。今出品しているオークションの入札はどうなっただろう。

ホーム画面にしている情報ポータルサイトで、自然に美術関係の記事に目がいってしまう。「紛失した名画の行方」というタイトルがあった。世界中で名画の盗難事件は少なくはない。ゴッホだけで少なくとも五百点、ルノアール、モネ、美術館や金庫からなぜそんなに気軽に盗まれるのかと思うような回数だ。今でも行方不明の品物はいくつもある。美術系のメールマガジンなどでも最近そんな話を聞いていないから、このニュースは過去の企画記事だろう。発見される絵とされない絵は半々くらいだ。そういえばこの絵が見つかったと聞かない——。

硅太郎は自分が模写した絵を振り返って息を止めた。

そんなことは許されるはずがない。叫ぶ理性に耳を塞《ふさ》ぎながら硅太郎はパソコンの検索窓を出した。

絵画のタイトルと、「盗難」と入れる。盗難に関する記事は出てくるが、新しいものからいくつか遡《さかのぼ》ってもいずれも「発見されていない」と締めくくられている。探索系のオークションのリストを探す。

最低出品金額は五百万円からだ。

悪魔の囁きのような符牒《ふちょう》に思わず硅太郎は口許を覆った。

もともと風合いまで似せている模写の絵を、スプレーや木炭を使って汚し、年代にふさわしく偽装した。できるだけ田舎の画廊に持ち込み、買い取りを頼もうと思った。あるいはインターネットで身元がわからないようにして販売するか、本当に目利きがいる画廊とは無縁そうな金持ちに直接持ちかけるか――。

硅太郎は迷って筆をとった。入れたことがない作家のサインを硅太郎は真似《まね》る。絵の具の掠《かす》れ具合から強弱まで、念入りに手元の布で絵の具の乗り具合を確かめながら一文字一文字、印刷物を見て書いてゆく。

見破られるのが恐い。いや恐いのは、見破られずにこれが本物として、美術の世界に流れて行くことだろうか。バレたら当然この世界に戻れなくなる。だがバレなかったらどうなるのだろう。

《Rembran》と、書きグセをまねて書き記し、《d》と書くべきところでふと、画面の中の男と目が合った。絵を愛した男の顔だ。硅太郎の愚かな試みを、責めるというより問いただすような視線に見えた。硅太郎はキャンバスから筆を離した。

レンブラントの綴《つづ》りは、《Rembrant》であるが、彼は彼の絵画へのサインに限り《Rembrandt》と入れることがある。ちゃんとした美術商なら真っ先に確かめるのが常識だ。

銀示が助かったら。あるいは誰かがこれが贋作だと見破ったらこれを証拠に罪を認めよう。それまでに返す金を貯めて、そのときが来たらきちんと返そう。そう決めながら絵画の中の

男から目を逸《そ》らす。

《d》を飛ばして《t》と描こうとし、硅太郎は到底筆跡など真似られないほど震える手で筆を握りしめ、項垂《うなだ》れた額に押し当てた。

——自分はいったい何をしているのか——。

犯罪なら見える罪だが、これは美術に対する冒瀆《ぼうとく》だ。もしもばれなかったら、いやばれなければなおさら、許されることではない。自分が一生をかけようとしたものに対して、これほど罪深いことはなかった。

思い切り筆の先に掬った絵の具を画面の上に、大きく斜めに塗りつけた。魔が差すというがそれを体験した数十分だった。銀示を想って捻《ねじ》れる心の隙間《すきま》に、悪魔がそっとつけ込む瞬間だ。

迷って硅太郎は携帯電話を開いた。相手は母だ。今度は応答があった。

『考え直してくれたの？　硅太郎』

電話の向こう、疲れた声を明るくして母が訊く。本当に申し訳なかったが、母の期待通りの答えは返せなかった。

「お母さん。申し訳ないが九十万円、貸してほしい」

『どうしたの？　車でもぶつけたの？　何かあるなら正直に言いなさい』

「そうじゃない。——絵がほしいんだ」

『……まだそんなことを言っているの、硅太郎』

経緯を打ち明けず、理由だけを答えると母はさすがに厳しい声を出した。だが今は一から話す時間がない。

「一生のお願いだ。今すぐに九十万、絵を買う金を貸してほしい」

瑠璃《るり》やで取り置きしてもらっているあの絵。必ず買い取り以上の値段で売れるはずだ。あの絵は百五十万、貯金が六十万。あと九十万円だ。受話器からため息の音が漏れてくる。

『そんな高い絵を、学生が買うべきではないでしょう。お父さんに相談してからにしなさい。それに学校で絵を描くことをお母さんたちは賛成しているわけじゃないのよ？　帰ってきてほしいの。わかっているの？　硅太郎』

「あとで事情を話すから、とにかく九十万、貸してほしい」

自分でも嫌な話だが、甘やかされて育った自覚はあって、ほしいと頼み込んだものを買ってもらえなかったことが硅太郎にはない。

母は理由を問い、答えない硅太郎に文句を言ったけれど最後は折れた。

『お父さんに訊いてみるわね』

決まり文句を言って電話を切り、翌朝電話がかかってきて振り込みを確認した。

瑠璃やに、掛け軸を請け出しにゆき、そのまま以前世話になったことがある日本画専門店へ持ち込む。瑠璃やの店主は怪訝《けげん》な顔をしたが、「学生さんはお金持ちだねえ」と事情を訊くのか嫌みかわからないような一言を呟いただけで、約束の金額で掛け軸を出してくれた。

「これは、掘り出し物だね！　どこで見つけてきたの！」

鑑定のために全国から招かれるほど高名な彼は、瑠璃やから買い取ってきた掛け軸を見るなり目を丸くした。

「預けてくれるなら、二百六十万円。買い取りなら二百四十万円でどうだろう」

硅太郎が思ったより評価が高かった。

即金で掛け軸を渡した。

オークションに出しておいた品物が数点、予想より高値で売れていた。これらを合わせても二百六十万弱。到底足りないし、これを元手に大きなオークションに手を出す時間もない。

「……」

硅太郎は、大きく斜線の入ったキャンバスを眺めた。

金があれば銀示を助けられる。両親にはそれをするだけの資金力があるはずだが、代償は必要だった。

あと二百四十万。

硅太郎は、もう一度携帯電話を開く。

母に、今度はゆっくり事情を話した。大切な人が謂われのない借金で未来を諦めなければならないかもしれない。自分はそれが許せない。裁判を起こせばいずれ金は返ってくる見込みもある。もし返ってこなくても、硅太郎が硅太郎の借金として、両親に返済してゆく気持ちがある、と。

『お気の毒だけれど、硅太郎が全部肩代わりをしてあげることはないと思うの』

話を聞き終えて、母はそんな結論を出した。

自分が銀示に抱《いだ》く気持ちは話していない。一生を共に歩いて行こうと約束したとも言っていない。理解してくれなくていい。ただ今は彼を助ける金がほしい。

「俺はもう美術を諦める。筆も折る。だから、お母さん」

項垂れながら硅太郎は声を絞り出した。

「俺の値段だと思って、二百四十万、貸してほしい」

通話を切ったあと、硅太郎は大きなため息をついて額を抱えた。

たった三百五十万。それで自分の未来を売ることになってしまったが、多分後悔はしないだろうと思った。銀示が無事で、学校に行っている限りは絵も続けられる。どうせ自分は遅かれ早かれ、絵を描いて生きてゆくことを諦めるしかなかった。卒業して就職をして、そのままなし崩《くず》しに絵から離れる終わりをぼんやり思い描いていたが、案外こういうほうが未練がなくていいのかもしれない。

思いのほか冷静な自分を苦々しく思いながら、硅太郎はもう一度携帯電話を開いた。明日、自分の口座に二百五十万円振り込んでもらうことになった。弁護士と相談しながら、将来裁判に有効な書類を残しつつ、有効に支払ってゆくのが一番いい方法だろう。とりあえずでもなんとかなりそうなことを、銀示に伝えなければならない。

コールをしたが相変わらず、銀示はなかなか電話に出なかった。部屋の前に廊下を片付けたほうがいいと思ったが、借金の処理が終わったら銀示とはもう会わないのではないかという予感めいたものが硅太郎にはある。

いないのではないかと思いながら電話のコールを聞いていると、応答する気配がある。

『――硅太郎？』

ナンバーディスプレイもついていないのに、いきなりそんなことを言う。

「そう。あれからお客は来てないか？」

『うん。弁護士がコンビニで働いてみないかって、電話をくれたけど』

金の窮地を知って、アルバイトを斡旋《あっせん》してくれようとしたのだろうがまったく的外れだ。

「お前の分だけでもなんとかする目処《めど》が立った。もう心配しなくていい」

『……ほんとう？』

銀示の無邪気な声が悲しくなった。そのためにどれほど大きな犠牲を自分が払ったか、詳しく話すつもりはないが、できれば少しだけ大切に受け止めてほしいことだ。

『じゃ……じゃあ、これからいつも硅太郎、うちに来られる？　俺、思ったんだけど、硅太郎、ここに住んだらどうだろう。それか、どこか別の場所で一緒に住ん……』

「銀示」

ほっとしたのかまくしたてるように提案してくる銀示を止めた。

「これまでのようには会えなくなるかもしれない。お前が無事な手続きは、最後まで見届けるけど」

『どういうこと？　忙しいの？　学校？』

「学校はもう行かないよ」

一点仕上げたばかりだ。丁度キリもよかった。これからとなるとまた一ヶ月くらいはかかって、途中で止めると未練になるだろう。

『辞めるの？　硅太郎。俺のせい？』

事情はわかっていないはずだが、何かを察したのだろうか。そんなことを銀示が言ってくる。銀示のせいではない。自己満足だ。辞めるきっかけもほしかった。

「丁度辞めようと思っていたところだったんだ。実家から金を借りたら、母が帰って来いって言うんだよ。いいタイミングだった」

『硅太郎の学校のお金を、この家にくれるってこと？』

「そうじゃないけど、……まあ、とにかく学校を辞めて実家に戻るってこと」

『何で』

「何で、って」

『ずっと一緒にいてくれるって約束したのに』

「銀示……」

『いなくなるの？　どこに行くの？　俺も行くよ』

「銀示。そういうのはまたゆっくり話しに行く」

「嫌だ、今がいい」

他人の気持ちを推し量る能力が育ってない銀示は子どものようなわがままを言う。

「銀示が会ってくれるなら、いつだって会いに行くよ」

絵を描かなくなった自分を価値のない人間として、彼が切り捨てなかったら。

『────今すぐ来てよ』

電話の向こうの銀示が泣いているのがわかったが、「今日は無理みたいだ。でも明日にはきっと」と答えて硅太郎は通話を切った。


硅太郎の言っている意味が、ぜんぜんわからない。

玄関先の電話から、絵を描く部屋に辿り着いても銀示には何が起こっているのか少しも理解できなかった。

　この家を出なくていい。学校も辞めなくてもいい。でも硅太郎に会えない。いいことと悪いことがぐしゃぐしゃに折られて胸に詰め込まれているような気分だった。母が死んだときと同じ気分だ。世界中に誰もいなくなった気がして恐くなった。息が勝手にうわずってきて、球根のポットがある窓辺に近づいた。

　やっぱり弁護士の言うことは間違いだった。

《もう君から自由が奪われることもない。君の未来は君のものだ。この家をベースに、大学で学んで、自分自身で将来を摑んでほしい》。弁護士はそう言ったけれど、結局何も見つからないままだし、自由というのは奪われることばかりだ。自分は何もしていないのにどんどん追い詰められてゆく。あっと言う間に手の中に何も残っていないことに気づく。硅太郎までいなくなっては本当に一人だ。

　涙が頰を伝って球根の上に落ちた。

　この球根をもらって、横断歩道の海を渡れと硅太郎に背中を押されたときに、何かが見つかると思っていたのに。

「……」

　球根を見下ろすと、中からはっきり緑色の芽が覗《のぞ》いているのに気づいた。このあいだ硅太郎と見たときよりもはっきりとした緑色だ。

育っているんだなと、見ていても動かない球根が、止まっているようにみえるが確かに生長しているのを実感して、銀示は胸を突かれた。虹の球根だ。うずくまっているようだが、生きようと藻掻く命の塊だった。

「虹が見たいよ……。硅太郎」

届かない声で硅太郎に訴えて、銀示はTシャツの袖口で涙を擦《こす》った。

ポットを持って窓辺を離れる。キャンバスの横のテーブルに置いていた母の肖像画のとなりにポットを置き、入れ替えに母の絵を摑んだ。

紙を踏みながら廊下を歩き、履くのが面倒な硅太郎が買ってくれた新しい靴ではなく、歩くと音がする古い靴に足を入れる。

切符の買い方は覚えていた。降りる駅もわかっている。

駅前から食品を売っている通りをすぎて、左に折れる。人の家と店が交互のようにぽつぽつと並ぶ通りに見覚えがあった。

紺色の張り幕が見えてくるのはすぐだ。どういうおまじないかわからなかったが硅太郎が言うには『シチ』と書いてあるのだそうだ。

軽いくせにガラっと音がする戸を開けて銀示は奥に叫んだ。

「こんにちは！」

店の中に入る。

「こんにちは！　誰かいる⁉」

呼びかけながら進むと、眼鏡《めがね》を手に、びっくりした顔でカウンターに座る店主がこっちを見ている。

「大きい声だねガイジンさん。美大の坊っちゃんといい、アンタといい、最近の学生さんは――」

「これをお金にして」

ぶつぶつ言う店主を無視して、銀示は剥き出しの小さな額縁をカウンターに置いた。

「……随分小さいね。誰の絵だい？」

「ママが描いたんだ。俺が小さい頃の絵だから、古いけど」

「そりゃあ、大事な絵だねえ」

店主は肖像画を枯れ木のような手で大切に持ち上げた。眼鏡を指で摘んで上げ下げしながら、丁寧に絵を見ていた店主は、絵を見下ろしたまま言った。

「ガイジンさん。アンタ、名前は」

「瀬名銀示」

「本当の名前だよ。それだけかい？」

何でこの老人はそんなことまで知っているのだろう。

誰にも言うなと母に言われていた。弁護士にすら話したことがない。母と自分だけの絶対の秘密だからだ。この絵を売るときにだけ口にしろと母は、銀示の小指に自分の小指を絡めながら、子守歌の合間になんどもなんどもそう言い聞かせた。

「……瀬名クロエ・ベルマティ銀示」

答えると店主はじっと黙り込んだ。そして、丁寧な手つきで絵をカウンターの上に戻して、なにか珠《たま》の通った板を取り出してぱちぱちと鳴らす。

「うちはね、品物は買わないんだ。預かるだけだよ。三ヶ月から」

「それでいい」

「そうかい。お利息がかかるのわかってるかい？　詳しくはあの美大の坊っちゃんに聞きな。けっこうな額になるよ？　払えなくなったら質流れだ……と、ガイジンさんはわかんないかね、簡単に取り戻せなくなるってことだ。悪く言や、うちの商品になって見知らぬ誰かが買ってくかもしれないってことなんだけどね？」

考える時間を与えるように、俯いたまま喋る店主に、銀示ははっきりと答えた。

「大丈夫、いつか硅太郎が買い戻すから」

硅太郎が銀示の家に到着するのとほぼ同時に、大川が銀示の家を訪れた。

「銀示は留守です」

駅から電話をかけたが出ないから留守なのは間違いがない。玄関前でそう言ったのだが、大川は硅太郎を無視して玄関ドアを開けた。鍵が開けっ放しだ。「あの馬鹿め」と心中で銀示を叱ってもあとの祭りだ。

大川は家の奥の方に向かって「瀬名さあん！　瀬名さーん！　集金に来ましたー！」と叫んでいる。

こんなヤツと話ができるのかと心配になってくる。下手《へた》なことを言えばもっと悪い状況になるのではないか。

「お貸ししたお金の期限が来てます。集金に来ました！」

「あの、すみません」

人聞きの悪いことを叫ぶ男に困りながら、硅太郎は大川に呼びかけた。

「なんですか？　あなたが払ってくれるんですか？」

馬鹿にしたような顔で訊く大川に、硅太郎は答えた。

「そうです、お幾らですか？」

いろいろ相談事はあるが、とりあえずはっきりした金額を聞かないと始まらない。大川は驚いた顔をしたあと笑った。

「今の学生はお金持ちですねえ。四百三十万円です。残りはこの家でいいです」

「この間聞いた金額とだいぶん違うんですが」

借金が三百万、この家がいくらになるかわからないが古くて小さな家だし、残りの金を払って待ってもらおうと思った。

硅太郎の質問を訊いて、大川は失笑した。

「あれから何日経ってると思ってるんです？　これだから学生さんは」

と言ってまた屋敷の奥を覗き込み、「瀬名さーん！」と叫ぶ。

「ほんとに留守なんです、やめてください！」

玄関で靴を脱ぎはじめる大川の背中を、硅太郎は摑まえようとしたが、大川は散らかった包装紙や衣服を踏みしだくようにして家の中に上がり込んだ。

「やめてください、警察呼びますよ⁉」

「警察を呼ばれたら困るのはどっちですかねえ、浅見さん」

不意に名前を呼ばれて手を離してしまった。

調べられていると直感した。銀示と清水の関係も。自分のこと——実家のことも。何を理由に強請《ゆす》られるかわからない。薄暗い職業独特の闇を垣間見た気がして、一瞬呆然《ぼうぜん》とした硅太郎は慌てて大川のあとを追った。廊下が歩きにくいからすぐに捕まえられる。

「やめてください、本当に留守なんです！」

「留守でけっこう。聞いた話じゃ瀬名さん、画家さんだそうじゃないですか。コレクションとか未発表品とか、お金になりそうなものがあればいくらかでも楽になるでしょう？」

「やめてください、本人の留守中に！」

このゴミ屋敷に似て非なるものの山を掘り返しても、大したものは出てこない。このガラクタに価値を見いだせるのは銀示だけだった。

「現金のみだったら八百万で考えますけど」

「そんなの無理です！」

引き止める硅太郎の手を振り払って、とうとう大川は銀示のアトリエに踏み込んだ。

「おやおや画家さんらしい部屋だ」

大川はまっすぐにキャンバスに近寄った。

銀示がずっと手がけている月夜の絵だ。ほとんど完成に近い。

男はキャンバスと、となりのテーブルにある球根のポットを見比べた。

「おや？　花の絵じゃないんですかね。球根の絵でもなく？」

首を傾げ、大川は無造作にキャンバスに手を伸ばした。

「とりあえずこれ、いただきましょうか」

「触るな！」

と硅太郎は怒鳴った。目を細める大川の手を掴んでキャンバスから離させた。

「金なら払う。銀示から居場所を奪わないでくれ！」

芽生え始めた銀示の未来。自分の夢と引き換えにしてもいいと思うくらい愛《いと》しい銀示の希望を。

「離しなさい！　暴力は……！」

暴れる大川に掴みかかる。大川が叫んでいる合間に玄関から激しい物音が聞こえた。振り返る間もなく足音が駆け込んできた。

「――ふがッ⁉」

何か横から飛んできたものに大川は横顔を直撃され、激しくよろめいた。体勢を崩したまま足元の紙で滑って後ろに尻餅《しりもち》をつく。大川に当たった箱――いや、箱状のものは、紙テープで縛られた現金、一千万円の束だ。

「お金があればいいの⁉」

銀示は怒鳴って、また現金ブロックを大川に投げつける。紙袋の中から輪ゴム止めの札束を摑んで投げつけると、空中でバサッと札が舞った。

「銀示……」

どういうことだと札束と銀示を見比べた。銀示が下げているバッグの中にはまだブロックが入っていそうだ。

「ママの絵を、質に入れてきた」

妙に言い回しが正しいと違和感を覚えると同時に納得した。瑠璃やに行ったのだ。だとしてもこれは。いや、そうではなくて。

「何でそんなことをしたんだ！」

硅太郎は銀示の腕を摑んで怒鳴った。金になったのがあの絵ではないとしても、母の絵を手放すなんて絶対に駄目だ。それをさせたくなくて、自分はここまでしたのに。

「だって、ママが言ったんだ」

涙をいっぱいに溜めた目で銀示は球根のポットを睨んでいる。

「――『生きたくなったら、この絵をお金に換えなさい』って」

「銀示……」

硅太郎は、初めて会った日の銀示を思い出した。

横断歩道の前で、行く場所がわからないと言った。それでもよさそうな表情だった。あそこでそのまま風化してしまってもかまわなそうな銀示が、生きたいと言う。

一緒に歩く約束をした自分と一緒に。

「銀示」

大川が反撃してくるのを警戒して、大川から庇う位置に銀示をやろうとしたとき、入り口で人の気配がした。

「こりゃまたすごいお宅だねえ……」

入ってくるのは着物姿の瑠璃やの店主だ。足元を埋め尽くす物や紙を避けつつ、難儀そうに入ってくる。心配そうに手を差し出しながらもう一人男が入ってきた。

店主は硅太郎に気づいて、いつものシニカルな笑顔を硅太郎に向けてきた。

「おや、美大の坊っちゃんもここにいたのかい。しかし、アンタも意地が悪いねえ。一言言ってくれたら、あたしも心の準備ができたのに」

やわらかく罵《ののし》られているようだが、硅太郎にはまったく意味がわからない。瑠璃やの店主はけっして情で動く人ではないのを、硅太郎はよく知っていた。銀示は絵の他に、何の品物を質に入れたのか。

転がった札束と店主を見比べていると、一緒に入ってきた男が名刺入れを出しながら大川に近寄った。大川は手のひらで頬をさすりながら足を投げ出し、床に座ったままだ。

「初めまして。僕、弁護士の渡辺と言います。この瀬名さんが保証人とされている貸付金の金利のことについて、いろいろ御相談したいことがあるんですが」

「べ、弁護士⁉」

「はい。伺うところ、金利が法で定められたものよりも随分お高いようだということで」

「そんなことねえよ！　うちはな、入金が早くて親身なのがウリなんだ！　また来るからな！」

後ろ向きにごそごそと這《は》いながら立ち上がった大川は、部屋の壁沿いを伝うようにして慌てて部屋を出ていった。

「……」

やはりさっぱり事情がわからない。一枚噛んでいるに違いない瑠璃やの店主は痩せた肩でため息をついた。

「骨が折れるねえ」

「高橋《たかはし》さん……」

「骨粗鬆症《こつそしょうしょう》だけに」

笑っていいかどうかわからない冗談を言って、店主は胸元から取り出した扇子を広げ、品よく襟元を扇《あお》ぎはじめた。

聞いたことがない名前だった。広げられた海外の美術雑誌のふせんのページの絵を見てもまったく見覚えがない。

「まあ、いつどこで流行《はや》るのかがわからないってのが、美術品のやっかいなところでねえ」

マグカップに煎れたお茶を、変な顔をしてのみながらソファの向かいで瑠璃やの店主が言う。

銀示の母は、二十年前失踪《しっそう》したフランスの画家だというのだ。海外で高値で売れても、日本で評価されない画家は多い。若き印象派として人気絶頂の最中の失踪で、発表された点数も少ないから、作品が出れば高値、一部のコレクターの熱狂的な支持を受けているから市場にもまず出回らないということらしい。

そんな絵をよく知っていたな、と質屋の鑑定眼はもはや研究家を越えるのではないかと質問したら、店主は惜しげもなく理由を話した。

「日本じゃ聞かない名前なんですけどね。何年か前からぽつぽつうちに預けにくるお人がいらして、この人の絵ばっかりは、あたしにもよく見分けが付くんですよ」

瑠璃やの金庫には銀示の母の絵が何枚も預けられているというのだ。預けたのは聞くまでもない、銀示の父だった。

「請け出すつもりだったんでしょうねえ。預かり賃を払うために新しい絵を質に入れる生活でしたよ。もうおやめなさい、せめて一枚流しなさいと、何度も言ったんですが、決して譲らない人で」

と言って店主は銀示を見つめながら言った。

「絵を愛してたんでしょうよ」

もしくはその作者を。だが硅太郎には納得がいかない部分がある。

「でも質に入れたじゃないですか」

大切な人の絵だったら、質になど入れられるはずがない。

「画廊じゃなくて質に来たのは、取り返す気があったんじゃないですか？　あるいは絵よりももっと大切なものがあったとか？」

店主は問いかけるが、そう言われてみればそうだ。銀示の父は、絵に付く値段を知っていたのだから、返す当てもない金なら、質より画廊で売り払ったほうが値が付く。

銀示から聞く限り、父親は彼らとの閉ざされた生活を必死で守ろうとしたようだった。それがどれほど歪んでいても。

「八年ほど前、仕事での失敗を機に会社を辞めていて、その後は奥さんの絵を売って、家計の支えにしていたようだ」

説明してくれたのは、渡辺だった。銀示を目の前に言いづらそうだが、銀示自身も知っておくべきことだし、自分たちの前で何を話してもいいと言ったのも銀示だった。

「銀示くんのお父さんのことは、だいたい調べていたんだが、お金の出所が不明でね。質屋で現金を出していたとは僕も考えなかったから。奥さんもその……内縁の妻という状況で、実を言うと身元がわからなかったんだよ。いろんなことを推測すると、奥さんの身元を知っていたのは旦那さんだけ。銀示くんも呪文《じゅもん》のように名前を知っているだけだ。まだ調べ始めたばかりなんだが、奥さんはフランスでは失踪者扱いで、なんというか……写真も失踪の頃とは別人としか思えない感じなんだ」

「え？」

「奥さんのことは、同棲《どうせい》していた外国人女性としかわからなくてね。失踪は二十年以上前だから、行方不明者の写真と照合しようにも面影はほとんどない。名前も偽名と今日判明」

渡辺はちらりと銀示に視線をやった。

「だって、絵を売るときまで、絶対に秘密だってママと約束したんだ」

これもまた、母親の歪んだ愛情だったのだろう。いずれ彼らが銀示の側からいなくなったあと、銀示が生きたいと決心して、自分たちより大切なものを見つけ出して、肖像画を売らなければならない事態が起こるまで、絶対口にするなと言われたらしく、銀示はそれを一人で守っていたらしい。清水も当然知らなかったらしく、実際清水が売りさばいた絵は、新人芸術家の銀示のものだけだ。知っていたなら真っ先に肖像画を奪おうとしただろう。

瑠璃やの店主が言い足した。

「フランスを出たあとの未発表の作品は、全部うちにあるそうだよ」

質屋は真贋を見極めるが、経緯や思い出は考慮しない。父親が持ち込んだ絵を査定して預かった結果、銀示の母親の行方まで深く閉じ込めてしまったことになるのかもしれないが、それは彼のせいではない。

「と言うわけで、このあと遺産の再計算や手続きに僕は頭を痛めそうだよ」

渡辺がため息をつく。硅太郎は十年ほど前の、銀示の母親の特集号を眺め下ろした。

「幸運だったと思います」

本当にその一言に尽きる話だ。自分が美術商だったら、いつぞやの茶碗を持ち込んだ人のときのような対応をして、母親がせっかく描いた絵だから大事にしろと追い返しただろう。現金にして二千四百万という鑑定だ。これにその値段をつけられる店、すぐに現金を用意できる店は限られている。

「きれいな札束じゃなくて、申し訳なかったね」

金融業者の鑑《かがみ》のようなことを店主は言った。一部輪ゴム止めの札束だ。空中で飛び散って集めるのが大変だったし、どさくさに紛れて、大川が二、三枚拾って逃げたのも知っている。

「何年か前に、大きな質を受けちまって、そんな大金、掻き集めるしかなかったからさ」

そう言っておどけてみせる姿さえ小粋な人だった。


実質問題として、銀示が用意した金で弁護士を雇い、不法金利と書類の偽造を訴えつつ、清水が見つかるのを待つのが一番いいだろうということになった。

——せっかく一軒家なんだから、ハウスキーピング代と家賃を差し引きってところで、浅見くん、ここに住んだらどうだろう。……うん、まあ君が潔癖症とかじゃなかったらの話でいいんだが……。

相変わらずの散らかりぶりを見かねたのか、渡辺は遠慮がちにそんな提案をしてきた。

多分、その方向になるだろうと、硅太郎は考えている。

両親に借りた金は、硅太郎の貯金と合わせて、すべて母親へ振り込んだ。硅太郎が画廊に売った掛け軸は、数日後にはその画廊のホームページの展示案内から消えていた。もう二度と会えないだろうと考えるのが、この世界のセオリーだった。

店主に聞いたことだが、銀示の父が新しい絵を入れてまで預かり代を払っていた絵の数々は、そろそろ預かり期間が切れるということだ。今度は銀示を持ち主にして、預かり代を払って行くことも考えなければならない。

――ま、億ってところでしょうね。

店主は指を二本立てながら言った。瑠璃やの金庫に眠る、母親の未発見の絵画十点以上だ。請け出すとなると一生掛かりの金額だが、店主の矜持《きょうじ》は信頼できる。情では動かないが質屋の誇りがある人だ。長く時間がかかりそうだが頼めるかと、硅太郎は店主に訊いた。

――あたしも老い先短い身ですがね。まあそろそろ、息子なんて、呼んでやってもいいかなと思う子どもがいたりしましてねえ。

何やら含みがあるらしいあの店の男の子が、店主に鍛えられて後を継いでくれるならよけい安泰だ。

「レポート、あんなでよさそうなの？」

夕飯のあんかけ炒飯《チャーハン》の皿を洗っていたら、銀示が背中から緩く抱きつきながら聞いてきた。

「内容はいいが、録音機が必要みたいだ」

フレスコと近代宗教について――。

キンダイシュウキョウって何？　と言うから、該当する絵や写真を見せながら硅太郎が質問する形だ。『こっちとこっちを見比べて、銀示はどう思う?』と質問をすると、ものすごい勢いで返答が帰ってきた。主に光の使い方だ。ステンドグラスと象牙の光の関係にまで意見が及ぶと、硅太郎は思わずメモの手を止めて聞き入ってしまうほどだった。とりあえず何らかの方法で録音だ。内容にはまったく問題ないのだから、硅太郎の文章力が問われる。責任重大だ。

「もう一枚チケットが貰えそうだ」

「何のチケット?」

硅太郎の呟きに銀示が反応した。

「まあ、銀示には必要がないチケットかな」

「ふーん?」

水を止め、タオルで手を拭いていると銀示が、唐突に呟いた。

「ずっと、泊まっていけばいいのに」

今日は金の管理や、銀示のことが心配だから一度家に帰って宿泊の用意をしてきた。寝室を見せてもらうと、他の部屋より随分マシで、子どもっぽいがいっぱしの寝室らしく整えられていた。

バスルームもキッチンも、最低限使える感じだったが、快適と言うにはほど遠い。自分がもし、一緒に暮らせるようになったらもっと、よく整えて、精一杯銀示を甘やかしたい。

銀示は小指の先ほどに伸びた球根の芽が、窓越しの月光に照らされているのを見た。

小さな小さな芽の先端なのに、乾いた皮で包まれた他の部分と別物のようにつやつやと光っている。色つきガラスが生まれてくるようだ。きっと咲くのは虹だろう。

床に座ってポットを抱えた姿勢で、目を覗き込んでいると、背中が暖かくなった。硅太郎だ。

「俺ね、家を出てからあんまり泣いたことがないんだ」

何となく思い出して銀示が打ち明けると、硅太郎は「そうか」と優しく聞いてくれる。下腹の前で硅太郎の手首が交差した。肩越しに硅太郎も球根を覗き込んでいる。

「うん。小さい頃は転んで泣いたりしてたけど、その他はパパが死んで寂しかったときと、ママが死んで悲しかったとき。でももうそれで悲しいのは終わりだろ？　好きな人が全部、いなくなっちゃったんだから」

「そうだな」と言って硅太郎が髪を撫でてくれる。伸ばすなら結ったほうがいいと硅太郎は言ったが、どうやって切ればいいかわからないだけだった。カットサロンにゆくのが嫌なら硅太郎が切ってくれると言った。

「硅太郎と会ってから、何回か泣きたくなった。ママの絵を取られそうになったときも、泣いたらきっと硅太郎が涙のにおいに気がついて、来てくれると思ったんだけど」

「……そんなことがあったのか。悪かった」

囁いて硅太郎が、銀示の耳の縁に口づけてくる。

「ママたちが死んでから、寂しいのがよくわからなくなってた。不幸だったたって言われてもあんまりよくわからなかったんだよ」

シャツの裾から手を差し入れて、胸元を撫でてくる硅太郎の手に、服ごしに手を重ね、球根のポットを床に置いた。

「硅太郎がもし、どこかに行ってしまうようなことがあったらって考えただけで、涙が出そうになるんだ。不幸ってこういうこと？」

「好きだってことだ」

低い囁きを首筋に埋められて、ぞくっとした。

「寂しいって、こういう気持ちのこと？」

持っているから手放せるもの。まだ摑めないから欲しくなるもの。

「愛しいってことだろう」

ゆっくりと引きずられるまま、散らばった紙の上に銀示は倒れた。

軽く身体を重ねた硅太郎が、上から覗き込んでくる。

無性に手で触れたくなって、両手を伸ばして頰を包んだ。黒い瞳が自分を見ている。やっぱり胸が痛かった。

「なんで硅太郎といると、悲しくなるんだろう。胸のあたりがぎゅっとして苦しくなるんだ」

不幸というなら、きっと今の気持ちが一番近い。こうして優しく触れあって、体温を伝えあっているというのに、胸が絞られるように痛くて、硅太郎が何かを喋ると涙が出そうだ。触れられると恐くなるし、少しでも離れたらくっつく前より寂しくなる。

「愛してるっていうことだろう」

「多分違うよ」

愛とはもっと優しく暖かく甘くて、人を穏やかにするものだ。こんな寂しい気持ちでいっぱいになることを、愛とは呼ばない。

硅太郎を詰《なじ》ると唇を重ねられた。

「違わないと思う。俺も同じ気持ちだから」

すべてがゆっくりと動く景色の中で、硅太郎の声が熱くなってゆく。

「いろんなものを二人で探しに行こうか銀示」

硅太郎は夜明けまで夜道を歩いたときと同じ、誘うような声音《こわね》で囁いた。

「ずっと、遠くまで」

何かが始まる、朝が来るまで。

何をするのかわからなかったけれど、無性に硅太郎としたかった。

「硅太郎。……それ、好き」

身体の深い部分に指を挿されて、銀示は硅太郎に伝えてみた。

「あ……それ、好き」

苦しくて痛いけれど、硅太郎が特別な場所に触れてくれるのが嬉しかった。銀示自身、自分の身体にそんな場所があったとは知らなかった。硅太郎の指を挿《い》れられる場所。触れあう面積は広く、深いほうがいい。

「イイ、のか?」

この間上手くできなかったからと、硅太郎は途中で何かを買ってきてくれた。歯みがき粉のような溶かした絵の具のような、薄いピンクの液体だ。それを垂らしたら硅太郎の指が入った。不思議なくらい奥まで忍び込んでくる。

「うん。前のとは違うけど。出そうじゃないけど、触って」

擦りつけあっている硬い肉から散る、うっとりするような熱さとは違う。下腹あたりがモゾモゾとして、腰のうぶ毛に電流が走った。短い距離を全力で走るような必死さというより、ふわふわと上下する感覚が大きくなって、いつの間にか腰の中に大きな波が湧きおこりそうになっている。

「……そうだ。舟」

似たような感触を思い出して、銀示は暗い天井に向かって呟いた。あのときの感じに似ている。ふわふわゆらゆら身体の任せどころがなくて、きっとそのまま流れて海に出たらこんなふうになるのだろう。

「そうか。もう飛び込むのはやめてくれよ？」

硅太郎は答えて、ぐっと奥まで束ねた指を押し込んできた。

「あ」

さすがに苦しくて声を出すと、左膝を胸のあたりで折りたたまされ、横に開かれた。下腹に付きそうに、熟れきった自分の性器が見える。

「いつもと……形が違わない？」

こんなに赤かっただろうか。こんなにドキドキしていただろうか。見慣れたはずのものなのだが、昨日までと違うように見える。

「初めて拝見するからわからないが、不安ならデッサンでも取っておくか？　石膏のほうがいいか？」

「色を塗ってくれるなら石膏のほうがいい」

銀示が答えると、硅太郎は笑いながら言った。

「じゃあ今度は明るいところでしないといけない」

「うん」

硅太郎が甘い匂いの小さな袋を取り出した。それが何か、何のためかと硅太郎の飛び出したところに被せる様子を見て質問したら、丁寧に答えてくれたが最後は「もういいだろう?」と困った声を出した。なぜ自分にはないのかと訊ねたら、硅太郎はもう一つ取り出して、同じところに被せてくれた。汚れなくていいと思った。

「恐くないか?」

指を抜いた場所に、ゴムを被せた部分を押し当てながら硅太郎が訊く。

「初めてのことだらけで、楽しみなほうが大きいかな。すごくドキドキはするけど」

初めて触れられる場所、初めて触れる硅太郎の脚の付け根とか自分とは違う体毛とか。甘い匂いのゴムの奇妙な圧迫感や、いつもは限界を迎えたらぱっと飛び散る粘液が、押し出されるようにとろとろ流れ落ちることも。

「……あ」

ずっと自分のこめかみの毛を撫でていた硅太郎が、ぐっと身体の中に入ってくる。

「あ。……硅太郎……?　すごいね。なんだか、すごい」

身体の中に満ちてゆく圧力に、よくわからない感想が零れる。合わさってゆくのがわかる。目に見えるよりはっきりしている。

瞼《まぶた》の裏に映るのは赤だ。マグマのような、あるいは煮えたぎる血液のようなもので、繋がる場所が溶けてゆく。

「大丈夫か」

長い時間をかけて硅太郎が自分の中に入ってくる間、硅太郎が何回も訊くからそのたびに銀示は頷いた。

「け、い……。あ。……っあ！」

延々と揺らされて、声が切れ切れになった。手を摑み合ったり、頰を齧られたり、刺激があるたび我に返るが、目を閉じて、吹き荒れる嵐のような硅太郎が身体の中で暴れるのを感じているしかない。

「や。……それ。嫌……！」

ゆっくり身体を揺すりながら、硅太郎が胸の粒に舌を伸ばしてくる。歯の先で嚙んだり抉《えぐ》るように舐《な》められたりすると、自分でもわかるくらい、ビリビリと身体の中が縮んで達しそうになる。

「あ。――あ！　ああ……！」

初めの赤が薄れる代わりに、いろんな色が煌《きら》めいて目の前が光り始める。硅太郎が擦るたび浮かび上がる腰は、どれだけ浮かせても震えるのを堪えることはできなかった。

硅太郎が、ゆるやかに自分を苦しくするゴムの上から自分を握って追い立ててくる。そうされながら、乳首を齧られ、口づけられるたびフラッシュのような光が瞬いて、よけいに目の前が煌めく。

「何色？」

硅太郎はときどき、こんな風に自分に見える色を聞きたがる。

硅太郎と同じならいいなと思いながら、銀示は駆け上る光の向こうに目を細めながら答えた。

「——虹の色」

その向こうには、どんな景色が待っているのだろう。


大家は銀示で、家賃の代わりに硅太郎が家事をする。そんな約束をして硅太郎が銀示の家に移ってきたのは、銀示が母親の絵を質に入れた半月後くらいのことだ。

銀示の散らかしっぷりは相変わらずで、ゴミとサンプルの判断基準もやはり硅太郎には把握できないままだった。だが意外なほど銀示は行儀がよく、脱いだパジャマを畳む習慣があった。限定的な環境だったのかもしれないが、銀示の生活の端々には、母親の愛情が垣間見えて少しほっとした。

朝、銀示を起こして朝食を食べさせ、学校へ連れてゆく。同居しているのだから当たり前のことなのだが、大湊教授に感激の両手握手を喰《く》らった。大湊教授は、見かけと噂のように

偉ぶった頑固ジジイと言うのではなく、イメージ的には人のいい和製サンタクロースだ。

なぜこれほどまでに銀示を援助してくれるのかという話題になったことがある。もちろん、銀示の才能と将来を見込んでのことだが、本当の理由は『若い頃ファンだったフランス女優によく似ている』という理由らしい。照れながら話す彼にはいやらしい雰囲気は少しもなく、サンタクロースの中味は純情な少年そのものだった。

それからもっと驚くことなのだが、今のところ、銀示の母親が海外の人気作家だと気づいている教授はいないらしい。大湊教授にだけ打ち明けた。彼も銀示の母親を知らず、驚いていたが、銀示がこのまま絵の世界で生きてゆくなら、いずれ打ち明けなければならないだろうといい、公表のタイミングは慎重に選ぼうと言ってくれた。こういうことは彼に任せておけば間違いがない。

それから特筆しなければならないことといえば、銀示が初めてレポートを提出したことだ。教授陣の間で随分話題になったらしい。硅太郎に某教授から『一週間延期チケット』が渡されたのはさらに余談である。

銀示は裏庭の水道で、球根ポットの水を入れ替えていた。

——日本で一番上手いと思う。

いかに根を折らずに水を入れ替えるか。銀示は執拗《しつよう》にその技術を極めようとしている。球根の根をモチーフにした絵も増えてきた。どれも綺麗な水や、眩《まぶ》しい心や、甘い気持ちを吸い上げていそうな根の群衆で、その中の一枚を次回の外部展に出すことになるだろう。

硅太郎と実家の関係は、振り出しに戻る、というところだろうか。父は無事に退院できたから、もう少し回復してから、今度は自分の展望と意見を持って、じっくり父と向き合いたいと思っていた。学校は歴史研究を扱う学科に移動できるか相談中だ。未遂とはいえ、一瞬でも裏切ろうとした美術への、そして父母へのけじめもあるが、多分自分はこの目をもって美術の川を渡るのだ。

「そんなに水を入れたら根が腐るぞ？」

ツツジらしい庭の植木に水を撒《ま》きながら、球根ポットの水を見とがめた硅太郎が注意すると、銀示は不服そうな顔でこちらを見る。

「だって早く虹が見たいじゃないか」

本気でそう言われて、硅太郎はまさか、と思いながら銀示を見た。銀示の知識は未《いま》だにところどころぽっかり穴が空いている。知らないことはぜんぜん知らないし、銀示の独特の思考から、おかしなことを本気で信じ込む癖もある。

「銀示。あのな、実はその球根……」

少し迷ったが告白することにした。

本当に硅太郎も何色の花が咲くか知らないが、虹が湧き上がらないことだけは知っている。

銀示は、言いよどむ硅太郎を不思議そうに見たあとはにかんだ。

「このヒヤシンスが咲いたら」

「知ってたのか……」

「うん、これが咲いたら、俺の心に虹が生まれるんだ」

明るい光の庭で、銀示は両手でポットを支えながら幸せそうに微笑《ほほえ》んだ。

質屋が知らない秘密

「――じゃあ、銀示《ぎんじ》さんのお母さんの絵はここに？」

茅野《かやの》は、直接見えない屋敷の奥にある質・瑠璃《るり》やの大金庫を振り返った。瑠璃やの若き現店主、悠《ゆう》が言うには屋敷は付属品、金庫が本体。もしも店が全焼したって金庫の中味だけはまったく無事に焼け残るという、老舗質屋が誇る大金庫だ。

そこに悠の身元保証人で昔は保護者の瀬名《せな》銀示という人の母の絵が十数点、入っていると硅太郎は言うのだ。

「ああ。預かり賃を振り込む名義も銀示じゃない。悠にも話していない。悠はいい子だから、話しても質屋としてちゃんと預かり賃を受け取ることはわかっているが、気持ちが苦しいだろう？」

「まあ、……そうですが……」

まっすぐで、男前で、質屋の身上を生き様とし、金利を取る代わりに誠心誠意金利と品物に尽くす、茅野自慢の恋人だ。

銀示と硅太郎《けいたろう》は、先代が亡くなって悠が質屋廃業の危機に追い込まれたとき、周りの反対を押し切り、保証人を買ってくれた人だと聞いている。

硅太郎はカウンター前に出された、常連専用の細い椅子《いす》に腰かけ、ああ、と答えた。硅太郎は大人《おとな》な雰囲気の画商だ。恋人の銀示と一緒に醒花亭《せいかてい》という画廊を経営しつつ、海外オークションで大暴れ中のバイヤーでもあった。彼は茅野が織るペルシャ絨毯《じゅうたん》の買い付け目当てにときどき瑠璃やにやってくる。

「しかし、それなら質屋《ここ》が潰《つぶ》れるときそのままにしておけば、品物は買い戻しやすくなったはずじゃないんですか？」

今はすでにありえない《もしも》だが、硅太郎ならそう仕向けられたはずだ。

瑠璃やがあるかぎり、銀示の母の絵は正当な預け賃を取られながら金庫にしまわれてしまうが、質屋が倒産すれば、金庫の中の品は放出だ。ただで取り戻せるはずはないだろうが、少なくとも破格値で手元に戻る可能性が高い。

「金利と打算だけじゃ動かない世界もあるんだよ、茅野くん」

謎《なぞ》多き男前は、さらりとそんなことを言う。

「まあ、留守が多いからここで預かってもらったほうが安心できるというのもあるけどな」

「それを聞いたら悠が喜びます」

質屋は預かってなんぼの商売だというのが悠の信念だ。金利を貰《もら》って預かるからには品物は、宇宙の法則が許す限り守る。いずれ科学が進んだら真空になる金庫を買うというのが悠の夢らしい。

茅野は、硅太郎の整った横顔を眺め、先ほど聞いた話を思い返しながらため息をついた。

「……そうだったんですか。ちょっと変わった人だとは思ってたんですが」

目の前の硅太郎も随分変わった人だが、よその店先の板間で転がって遊んでいる銀示という男は特別だ。

醒花亭は創業年数にしては鑑定眼も資金力も高く、悠が査定に迷ったら相談にゆく店だ。銀示が油絵、日本画とその他が硅太郎という担当で鑑定をしているというのだが、おしどりが裸足《はだし》で逃げ出すベタ甘夫婦のなれそめを何気なく訊《たず》ねてみたら、開いた口が塞《ふさ》がらないような秘密を語られてしまった。茅野の家族もわりと変わったほうだが、銀示の母親も特別だ。

「まあ、ああ見えても一応油絵で食っていけるだけの近代作家だからな」

「あはははは。くすぐったいよトイチ！」

店先で転がって、悠が飼っている三毛猫と戯れているあの人が。

「あはははは。ヒゲが生えてる。生えてる！」

美しく、年齢不詳、国籍不明の外見で、黙って座っていれば人形のように整った人なのに、中味はつかみどころのない、不思議で自由な人だ。それが最近また賞をとったらしい新鋭作家と言われても、それもなかなかイメージと結びつかない。

前歯の歯茎の上にイチゴのグミを詰めて、猫の髭《ひげ》のところの膨らみをマネしようとしている、あの人がだ。

トイチの足の裏をぷにぷに指でつついて遊んでいる銀示を眺めていたが、なんだかそれに熱中しはじめたから茅野は話を戻すことにした。

「それで、結局、ヒヤシンスは何色だったんですか?」

初めて二人で育てた球根の花の色は。

硅太郎は、トイチの迷惑そうな顔をよそに、うとうとしはじめた銀示を眺めて目を細めた。

「――何色だと思う?」

「さあ。俺には」

銀示を見守る硅太郎の視線に含まれるような、何年経《た》っても色あせない、きらきらと光を含んだような色であるには違いないのだろうが、と茅野は想像するばかりだ。

あとがき

こんにちは。玄上八絹です。

「虹の球根」をお手に取っていただきありがとうございました。「トイチの男」に出ていた謎夫夫《ふうふ》、硅太郎と銀示のなれそめ話です。なれそめなので「トイチの男」からは十年くらい前になるでしょうか。硅太郎は銀示の不思議具合を楽しみつつ、ふたりで生活しましてあのような暮らしぶりとなっています。

さらっと思わぬ秘密を渡されてしまった茅野に幸あれ。

三池ろむこ先生に素敵な挿絵を入れていただきました！　ありがとうございました！

ラフで銀示のふわふわ巻髪を見たときは大変興奮しました。硅太郎が当たり前のように男前なのにもとてもときめきます。

かわいらしい銀示の巻き毛は、このあと硅太郎に手入れをされて「トイチの男」の髪型に至ります。お手持ちのかたはどうぞ比べてみてください。どちらもかわいいです。

担当様。いつもありがとうございます。私が何となくイメージしているよりも、表現したいところをはっきりくみ取って素敵な形にしていただいて、大変感謝しています。担当様は何か測定器のようなものを備えていて、原稿から微かに立ち上る私の気持ちを探し当てて下さっているのではないかと密かに思っています。これからもどうぞよろしくお願いいたします。

将来二人はお金を貯めて目標を果たす日が来ると思います。それは瑠璃やの悠と茅野にも大きな喜びをもたらすものになると思うので、がんばってほしいところです。

ここまでお付き合いくださいました読者様には心から御礼申し上げます。気に入っていただけますように。またお目にかかれるのを祈っています。

二〇一三・十一月
玄上　八絹

✦初出　虹の球根……………………………書き下ろし
質屋が知らない秘密……………書き下ろし

玄上八絹先生、三池ろむこ先生へのお便り、本作品に関するご意見、ご感想などは
〒151-0051 東京都渋谷区千駄ヶ谷 4-9-7
幻冬舎コミックス　ルチル文庫「虹の球根」係まで。

幻冬舎ルチル文庫

虹の球根

2013年11月20日　　第1刷発行

✦著者	玄上八絹　げんじょう やきぬ
✦発行人	伊藤嘉彦
✦発行元	株式会社 幻冬舎コミックス 〒151-0051 東京都渋谷区千駄ヶ谷 4-9-7 電話 03(5411)6431［編集］
✦発売元	株式会社 幻冬舎 〒151-0051 東京都渋谷区千駄ヶ谷 4-9-7 電話 03(5411)6222［営業］ 振替 00120-8-767643
✦印刷・製本所	中央精版印刷株式会社

✦検印廃止

ISBN978-4-344-82979-4　C0193　Printed in Japan